KRÓTKIE, ALE CAŁE HISTORIE

简短，但完整的故事

Sławomir Mrożek

[波兰] 斯瓦沃米尔·姆罗热克 / 著

茅银辉　方晨 / 译

南方出版传媒
花城出版社
中国·广州

图书在版编目（CIP）数据

简短，但完整的故事 /（波）斯瓦沃米尔·姆罗热克著；茅银辉，方晨译. —— 广州：花城出版社，2018.8
（2019.8重印）
（蓝色东欧 / 高兴主编. 第6辑）
ISBN 978-7-5360-8541-1

Ⅰ. ①简… Ⅱ. ①斯… ②茅… ③方… Ⅲ. ①短篇小说—小说集—波兰—现代 Ⅳ. ①I513.45

中国版本图书馆CIP数据核字(2018)第083262号

合同版权登记号：图字 19-2016-212 号
KRÓTKIE, ALE CAŁE HISTORIE by Slawomir Mrozek
Copyright © 1992 by Diogenes Verlag AG Zürich
All rights reserved

出 版 人：詹秀敏
丛书策划：朱燕玲　孙虹
出版统筹：李倩倩　夏显夫　欧阳佳子
责任编辑：许泽红
技术编辑：薛伟民　凌春梅
封面供图：子夏
封面设计：棱角视覺 ANGULAR VISION

书　　名	简短，但完整的故事 JIAN DUAN, DAN WAN ZHENG DE GU SHI	
出版发行	花城出版社（广州市环市东路水荫路 11 号）	
经　　销	全国新华书店	
印　　刷	恒美印务（广州）有限公司（广州南沙经济技术开发区环市大道南路334号）	
开　　本	880 毫米×1230 毫米　32 开	
印　　张	8.375　2 插页	
字　　数	225,000 字	
版　　次	2018 年 8 月第 1 版　2019 年 8 月第 2 次印刷	
定　　价	49.00 元	

本书中文专有出版权归花城出版社独家所有，非经本社同意不得连载、摘编或复制。
如发现印装质量问题，请直接与印刷厂联系调换。
购书热线：020-37604658　37602954
欢迎登陆花城出版社网站：http://www.fcph.com.cn

简短，但完整的故事

目 录
CONTENTS

记忆，阅读，另一种目光（总序）/ 高兴 / 1
姆罗热克和他的荒诞（中译本前言）/ 茅银辉 / 1

实用的半身铠甲 / 1
在车站 / 5
一去不返 / 15
在阿托密采的婚礼 / 21
青春的回忆 / 26
道德品行 / 35
决议 / 37
五谷普小鸟 / 39
排万难而达星辰 / 47
我曾经如何战斗 / 73
简短，但完整的故事 / 82
皇帝的信使 / 88
两封信 / 98
在磨坊，在磨坊，我的好主人 / 109
那个正在坠落的人 / 156

我的陌生朋友 / 169

猴子和将军 / 176

艰难的生活 / 185

共存 / 190

不要这样做 / 196

我们的动物和其它动物 / 198

造反者 / 201

纪念碑 / 204

世界最美的景观 / 206

经济奇迹 / 209

零 / 212

厌世者 / 216

健康服务 / 221

公平 / 223

新生活 / 226

三代人 / 228

伙伴 / 229

熊 / 230

古董 / 232

特权组织 / 234

再次革命 / 236

托钵僧 / 238

记忆，阅读，另一种目光

（总序）

高兴

昆德拉说过："人的一生注定扎根于前十年中。"我想稍稍修改一下他的说法："人的一生注定扎根于童年和少年中。"童年和少年确定内心的基调，影响一生的基本走向。

不得不承认，二十世纪五六十年代出生的人都有着不同程度的俄罗斯情结和东欧情结。这与我们的成长有关，与我们的童年、少年和青春岁月有关。而那段岁月中，电影，尤其是露天电影又有着怎样重要的影响。那时，少有的几部外国电影便是最最好看的电影，它们大多来自东欧国家，几乎吸引了所有人的目光，是我们童年的节日。在某种意义上，甚至可以说，它们还是我们的艺术启蒙和人生启蒙，构成童年最温馨、最美好和最结实的部分。

还有电影中的台词和暗号。你怎能忘记那些台词和暗号。它们已成为我们青春的经典。最难忘的是《瓦尔特保卫萨拉热窝》。"'空气在颤抖,仿佛天空在燃烧。''是啊,暴风雨来了。'""看,这座城市,它就是瓦尔特。"简直就是诗歌。是我们接触到的最初的诗歌。那么悲壮有力的诗歌。真正有震撼力的诗歌。诗歌,就这样和英雄主义和浪漫主义,紧紧地连接在了一道。

还有那些柔情的诗歌。裴多菲,爱明内斯库,密茨凯维奇。要知道,在二十世纪七八十年代,读到他们的诗句,绝对会有触电般的感觉。而所有这一切,似乎就浓缩成了几粒种子,在内心深处生根,发芽,成长为东欧情结之树。

然而,时过境迁,我们需要重新打量"东欧"以及"东欧文学"这一概念。严格来说,"东欧"是个政治概念,也是个历史概念。过去,它主要指波兰、捷克斯洛伐克、匈牙利、罗马尼亚、保加利亚、南斯拉夫、阿尔巴尼亚七个国家。因此,在当时,"东欧文学"也就是指上述七个国家的文学。这七个国家,加上原先的东德,都曾经是以苏联为首的华沙条约组织的成员。

一九八九年底,东欧发生剧变。此后,苏联解体,华沙条约组织解散,捷克和斯洛伐克分离,南斯拉夫各共和国相继独立,所有这些都在不断改变着"东欧"这一概念。而实际情况是,波兰、捷克、匈牙利、罗马尼亚等国家甚至都不再愿意被称为东欧国家,它们更愿意被称为中欧或中南欧国家。同样,不少上述国家的作家也竭力抵制和否定这一概念。在他们看来,东欧是个高度政治化、笼统化的概念,对文学定位和评判,不太有利。这是一种微妙的姿态。在这种姿态中,民族自尊心也发挥着不可估量的作用。

但在中国,"东欧"和"东欧文学"这一概念早已深入人心,有广泛的群众和读者基础,有一定的号召力和亲和力。因此,继续使用"东欧"和"东欧文学"这一概念,我觉得无可厚非,有利于研究、译介和推广这些特定国家的文学作品。事实上,欧美一些大学、研究中心也还在继续使用这一概念。只不过，今日，当我们提到这一概念，涉及的就不仅仅是七个国家，而应该包含更多的国家：立陶宛、摩尔多瓦等独联体国家，还有波黑、克罗地亚、斯洛文尼亚、塞尔维亚、黑山等从南斯拉夫联盟独立出来的国家。我们之所以还能把它们作为一个整体来谈论，是因为它们有着太多的共同点：都是欧洲弱小国家，历史上都曾不断遭受侵略、瓜分、吞并和异族统治，都曾把民族复兴当作最高目标，都是到了十九世纪末二十世纪初才相继获得独立，或得到统一，第二次世界大战后都走过一段相同或相似的社会主义道路，一九八九年后又相继推翻了共产党政权，走上了资本主义发展道路。之后，又几乎都把加入北约、进入欧盟当作国家政策的重中之重。这二十年来，发展得都不太顺当，作家和文学都陷入不同程度的困境。用饱经风雨、饱经磨难来形容这些国家，十分恰当。

换一个角度，侵略，瓜分，异族统治，动荡，迁徙，这一切同时也意味着方方面面的影响和交融。甚至可以说，影响和交融，是东欧文化和文学的两个关键词。看一看布拉格吧。生长在布拉格的捷克著名小说家伊凡·克里玛，在谈到自己的城市时，有一种掩饰不住的骄傲："这是一个神秘的和令人兴奋的城市，有着数十年甚至几个世纪生活在一起的三种文化优异的和富有刺激性的混合，从而创造了一种激发人们创造的空气，即捷克、德国和犹太文化。"[1]

克里玛又借用被他称作"说德语的布拉格人"乌兹迪尔的笔为我们描绘了一个形象的、感性的、有声有色的布拉格。这是一个具有超民族性的神秘世界。在这里，你很容易成为一个世界主义者。这里有幽静的小巷、热闹的夜总会、露天舞台、剧院和形形色色的小餐馆、小店铺、小咖啡屋和小酒店。还有无数学生社团和文艺沙龙。自然也有五花八门的妓院和赌场。布拉格是敞开的，是包容的，是休闲的，是艺术的，是世俗的，有时还是颓废的。

---

[1] 见伊凡·克里玛《布拉格精神》第44页，崔卫平译，作家出版社1998年版。

布拉格也是一个有着无数伤口的城市。战争、暴力、流亡、占领、起义、颠覆、出卖和解放充满了这个城市的历史。饱经磨难和沧桑，却依然存在，且魅力不减，用克里玛的话说，那是因为它非常结实，有罕见的从灾难中重新恢复的能力，有不屈不挠同时又灵活善变的精神。如果要用一个词来形容布拉格的话，克里玛觉得就是：悖谬。悖谬是布拉格的精神。

或许悖谬恰恰是艺术的福音，是艺术的全部深刻所在。要不然从这里怎会走出如此众多的杰出人物：德沃夏克，雅那切克，斯美塔那，哈谢克，卡夫卡，布洛德，里尔克，塞弗尔特，等等。这一大串的名字就足以让我们对这座中欧古城表示敬意。

布拉格如此，萨拉热窝、华沙、布加勒斯特、克拉科夫、布达佩斯等众多东欧城市，均如此。走进这些城市，你都会看到一道道影响和交融的影子。

在影响和交融中，确立并发出自己的声音，十分重要。不少东欧作家为此做出了开拓性和创造性的贡献。我们不妨将哈谢克和贡布罗维奇当作两个案例，稍加分析。

说到捷克作家哈谢克，我们会想起他的代表作《好兵帅克》。以往，谈论这部作品，人们往往仅仅停留于政治性评价。这不够全面，也容易流于庸俗。《好兵帅克》几乎没有什么中心情节，有的只是一堆零碎的琐事，有的只是帅克闹出的一个又一个的乱子，有的只是幽默和讽刺。可以说，幽默和讽刺是哈谢克的基本语调。正是在幽默和讽刺中，战争变成了一个喜剧大舞台，帅克变成了一个喜剧大明星，一个典型的"反英雄"。看得出，哈谢克在写帅克的时候，并没有考虑什么文学的严肃性。很大程度上，他恰恰要打破文学的严肃性和神圣感。他就想让大家哈哈一笑。至于笑过之后的感悟，那就是读者自己的事情了。这种轻松的姿态反而让他彻底放开了。借用帅克这一人物，哈谢克把皇帝、奥匈帝国、密探、将军、走狗等等统统给骂了。他骂得很过瘾，很解气，很痛快。读者，尤其是捷克读者，读得也很过瘾，很解气，很痛快。幽默和讽刺于是又变成了一件有力的武器，特别适用于捷克这么一个弱小的民族。哈谢克最大的贡献也正在于此：为捷克民族和捷克文学找到了一种声音，确立了一种传统。

而波兰作家贡布罗维奇与哈谢克不同，恰恰是以反传统而引起世人瞩目的。他坚决主张让文学独立自主。在二十世纪三四十年代，贡布罗维奇的作品在波兰文坛显得格外怪异离谱，他的文字往往夸张扭曲，人物常常是漫画式的，他们随时都受到外界的侵扰和威胁，内心充满了不安和恐惧，像一群长不大的孩子。作家并不依靠完整的故事情节，而是主要通过人物荒诞怪僻的行为，表现社会的混乱、荒谬和丑恶，表现外部世界对人性的影响和摧残，表现人类的无奈和异化以及人际关系的异常和紧张。长篇小说《费尔迪杜凯》就充分体现出了他的艺术个性和创作特色。

捷克的赫拉巴尔、昆德拉、克里玛、霍朗，波兰的米沃什、赫贝特、希姆博尔斯卡，罗马尼亚的埃里亚德、索雷斯库、齐奥朗，匈牙利的凯尔泰斯、艾什特哈兹，塞尔维亚的帕维奇、波帕，阿尔巴尼亚的卡达莱……如此具有独特风格和魅力的当代东欧作家实在是不胜枚举。

某种程度上，东欧曾经高度政治化的现实，以及多灾多难的痛苦经历，恰好为文学和文学家提供了特别的土壤。没有捷克经历，昆德拉不可能成为现在的昆德拉，不可能写出《可笑的爱》《玩笑》《不朽》和《难以承受的存在之轻》这样独特的杰作。没有波兰经历，米沃什也不可能成为我们所熟悉的将道德感同诗意紧密融合的诗歌大师。但另一方面，需要注意的是，由于语言的局限以及话语权的控制，东欧文学也极易被涂上浓郁的意识形态色彩。应该承认，恰恰是意识形态色彩成全了不少作家的声名。昆德拉如此。卡达莱如此。马内阿如此。赫尔塔·米勒亦如此。我们在阅读和研究这些作家时，需要格外地警惕。过分地强调政治性，有可能会忽略他们的艺术性和丰富性。而过分地强调艺术性，又有可能会看不到他们的政治性和复杂性。如何客观地、准确地认识和评价他们，同样需要我们的敏感和平衡。

一个美国作家，一个英国作家，或一个法国作家，在写出一部作品时，就已自然而然地拥有了世界各地广大的读者，因而，不管自觉与否，他，或她，很容易获得一种语言和心理上的优越感和骄傲感。这种感觉东欧作家难以体会。有抱负的东欧作家往往会生出一种紧迫感和危机感。他们要用尽全力将弱势转化为优势。昆德拉就反复强调，身处小国，你"要么做一个可怜的、眼光狭窄的人"，要么成为一个广闻博识的"世界性的人"。别无选择，有时，恰恰是最好的选择。因此，东欧作家大多会自觉地"同其他诗人，其他世界，和其他传统相遇"（萨拉蒙语）。昆德拉、米沃什、齐奥朗、贡布罗维奇、赫贝特、卡达莱、萨拉蒙等等东欧作家都最终成为"世界性的人"。

关注东欧文学，我们会发现，不少作家，基本上，都在出走后，都在定居那些发达国家后，才获得一定的国际声誉。贡布罗维奇、昆德拉、齐奥朗、埃里亚德、扎加耶夫斯基、米沃什、马内阿、史克沃莱茨基等等都属于这样的情形。各种各样的原因，让他们选择了出走。生活和写作环境、意识形态原因、文学抱负、机缘等，都有。再说，东欧国家都是小国，读者有限，天地有限。

在走和留之间，这基本上是所有东欧作家都会面临的问题。因此，我们谈论东欧文学，实际上，也就是在谈论两部分东欧文学：海外东欧文学和本土东欧文学。它们缺一不可，已成为一种事实。

在我国，东欧文学译介一直处于某种"非正常状态"。正是由于这种"非正常状态"，在很长一段岁月里，东欧文学被染上了太多的艺术之外的色彩。直至今日，东欧文学还依然更多地让人想到那些红色经典。阿尔巴尼亚的反法西斯电影，捷克作家伏契克的《绞刑架下的报告》，保加利亚的革命文学，都是典型的例子。红色经典当然是东欧文学的组成部分，这毫无疑义。我个人阅读某些红色经典作品时，曾深受感动。但需要指出的是，红色经典并不是东欧文学的全部。若认为红色经典就能代表东欧文学，那实在是种误解和误导，是对东欧文学的狭隘理解和片面认识。因此，用艺术目光重新打量、重新梳理东欧文学已成为一种必须。为了更加客观、全面地翻译和介绍东欧文学，突出东欧文学的艺术性，有必要颠覆一下这一概念。蓝色是流经东欧不少国家的多瑙河的颜色，也是大海和天空的颜色，有广阔和博大的意味。"蓝色东欧"正是旨在让读者看到另一种色彩的东欧文学，看到更加广阔和博大的东欧文学。

二〇一三年十月三十一日定稿于北京

主编简介：高兴，诗人、翻译家，一九六三年出生于江苏省吴江市。中国作家协会会员。现为中国社会科学院外国文学研究所研究员，《世界文学》主编。曾以作家、翻译家、外交官和访问学者身份游历过欧美数十个国家。出版过《米兰·昆德拉传》《东欧文学大花园》《布拉格，那蓝雨中的石子路》等专著和随笔集；主编过《二十世纪外国短篇小说编年·美国卷》（上、下册）、《伊凡·克里玛作品系列》（5卷）、《水怎样开始演奏》、《诗歌中的诗歌》、《小说中的小说》（2卷）等大型图书。主要译著有《梵高》《黛西·米勒》《雅克和他的主人》《可笑的爱》《安娜·布兰迪亚娜诗选》《我的初恋》《索雷斯库诗选》《梦幻宫殿》《托马斯·温茨洛瓦诗选》等。

姆罗热克和他的荒诞

(中译本前言)

茅银辉

二十世纪的波兰文坛群星璀璨,先后诞生过四位诺贝尔文学奖得主,在他们耀眼的主角光环掩映之下,同时代很多惊才绝艳的波兰作家显得黯淡无光。若是换个年代,或是换个国家,这些人定然会大放异彩,而不是暗自嗟叹生不逢时了。斯瓦沃米尔·姆罗热克却不在此列,他早已跻身于世界级文学巨匠之列,其艺术造诣和影响力比起四位诺奖得主也不遑多让,如果论及作品被外译的数量,他可算得上是波兰文坛之最。

姆罗热克多才多艺,他创作过大量荒诞派哲学散文、短篇小说及中长篇小说,写过电影剧本,甚至还亲自导演过其中两部,他还撰写过报刊专栏随笔、杂文小品,创作的戏剧作品更是享誉世界。同时,他还是一位卓越的素描画家和漫画家。

一九三〇年六月二十六日，姆罗热克出生于波兰南部的博任齐纳镇，因其父在克拉科夫邮局谋得一职，他出生后不久就随家迁居克拉科夫。二战期间，姆罗热克在克拉科夫读完高中后进入大学，先后学习了三个专业——建筑、东方学和艺术史，但很遗憾，没有一个专业令他满意。

战后的一九五〇年，二十岁的姆罗热克作为画家和记者开始出现在公众的视野中，他在《横断面周刊》和《高跟鞋》杂志上发表的系列讽刺漫画作品为他带来了最初的声誉。一九五〇至一九五四年在《波兰日报》担任编辑工作期间，初出茅庐涉世未深的姆罗热克写过一批符合斯大林主义思想意识要求的"进步文章"，歌颂苏联模式的社会主义建设。但很快，他开始反思，文风自此大变。

一九五六年至一九六〇年姆罗热克在多个期刊上开辟了名为"进步分子"的著名专栏并发表文章，对人民波兰时期日常生活中的种种荒唐事进行嘲讽。就如波兰评论家杨·布沃斯基在《姆罗热克的所有艺术》中所分析的，"进步分子"中的笑话和幽默是基于对传统新闻模式的颠覆，例如以电报式语言表述："来自联合国的科学活动——农业和林业成果调研发言人称：迄今为止，使用教授进行森林砍伐工作对提升木材的质量毫无影响。"姆罗热克在"进步分子"专栏中所发表的文章，以其幽默感、超现实的想象力和荒谬怪诞的手法成功地达到了娱乐读者的首要任务，笑过之后的读者逐渐地能够从文中读出黑色幽默背后隐藏的更深刻含义。在姆罗热克成熟时期的散文和戏剧作品中，这些创作模式和手法成了他对社会和生存问题进行深入剖析的工具。随着时间的推移，这种幽默的嘲弄逐渐被苦涩而寓意丰富的讽刺所取代。

一九五三年姆罗热克发表了自己的处女作——短篇小说集《来自特什米洛娃山的故事》和《实用的半身铠甲》。作家在小说中将十六世纪的铠甲这种过时产品与人民波兰时期荒唐的现实摆放在一起，将"旧"与"新"进行对比,以突出戏剧效果。这种手法在作家日后创作的文学性更强的小说集《大象》(一九五七)和《在阿托密采的婚礼》(一九五九)同样也有运用。

一九五六年姆罗热克发表了他的第一部长篇小说《短短的夏天》,一九六一年写完了第二部也是最后一部长篇小说《逃往南方》。这两部小说都是对波兰外省生活的嘲讽。

一九五八年姆罗热克发表了第一部戏剧作品《警察》。这个故事可以发生在任何时代,任何地方,反映的是极权主义国家的个体,为了自我的生存而不惜一切代价维系敌对面存在的滑稽故事。在理想国度里,没人犯罪,警察无所事事,为了避免失业,他们就运用各种手段虚构出"阶级敌人"。故事的荒诞性源于对自由概念的阐述:自由的出现只是为了服务于强化警察制度。在《警察》这部剧中不难读出作者对波兰二十世纪五十年代社会现实的暗喻,然而在该剧中所反映的社会机制和制度中人们的各种态度与表现不仅局限于波兰的社会现实。此后,作家把主要精力集中在戏剧创作上,到一九六三年时他已经发表了十部戏剧,成为享誉世界的著名剧作家。

一九六三年,姆罗热克移居国外,他曾先后在法国、美国、德国、意大利和墨西哥居住过,但仍然在波兰发表作品。一九六八年他在法国巴黎的《文化》期刊上发表了反对华沙公约组织武装入侵捷克斯洛伐克的抗议信,并向法国申请了政治避难。一九八一年十二月他又发表了反对波兰进入战时状态的抗议信。一九九〇年他做了主动脉瘤手术,直到一九九六年才回到阔别多年的祖国。二〇〇二年他突然中风,丧失了语言和书写能力,在进行了三年的康复训练之后,才重新握笔,写下了与疾病抗争的成果——自传《巴尔塔萨尔》(二〇〇六年)。二〇〇八年,作家由于健康原因再次离开祖国,移居到气候更为适宜的法国南部城市尼斯,在那里度过了生命的最后时光。二〇一三年八月十五日,姆罗热克在尼斯辞世,享年八十三岁。隆重的葬礼在克拉科夫的圣彼得和帕维乌教堂举行,克拉科夫民族圣殿墓地是作家最终的埋骨之所。

  姆罗热克的文学创作改变了波兰现代文学的基调，他创造了一种全新而独特的荒诞风格。花城出版社"蓝色东欧"系列译介给中国读者的这部小说集《简短，但完整的故事》收录了姆罗热克二十世纪六十至九十年代创作的数十篇最有趣的短篇小说，它会为你带来短暂的笑，以及笑过之后沉甸甸的思考。

二〇一七年十二月于广州

实用的半身铠甲

我是一个老家伙了,在我一生中也见到过许多滞销的商品,但像这次这样的……当我打开新近运来的这批箱子时,那闪耀的金属光泽让我以为是一批铝锅。鬼知道,是配货部门还是计划部门出了什么问题,我们商场收到了四百件全新的半身铠甲,十六世纪的式样,当时的雇佣步兵穿的那种。我觉得,这些应该是配给某个剧院道具部门的东西,但即使这样,一个剧院又怎么会需要这么多铠甲?

但是没法子,货就是货,必须把它们卖掉。同事艾乌盖纽什是我们公认的广告专家,他在橱窗里摆上了几件铠甲,还配上了广告标语:

"半身铠甲——特供每个家庭"

"如果你是童子军——买半身铠甲吧"

"马和车都没用——如果你没有半身铠甲"(为国际象棋爱好者设计的口号)

但暂时还没有一个人对半身铠甲产生购买欲。相反,顾客们带着轻蔑,甚至是幸灾乐祸的眼光瞄着这些铠甲。艾乌盖纽什同事采取了进一步的促销行动,他宣布:谁在我商场每购买十件半身铠甲将免费获得一顶带有孔雀羽毛的克拉科夫式帽子,每买二十件将会得到一个写有"扎科帕内纪念"字样的笔盒,还是毫无收效。盘点的时间就快到了,情况变得严峻起来。

这时有一位老先生来商场进货,商场本应提供给他茶具,此时却提出将货全部换成半身铠甲,老先生欣然同意了。

老先生首先与艾乌盖纽什进行了秘密会谈,第二天,在客流量最大的时刻,他老人家的身影出现在PDT百货商场。他来到柜台边,冲我同事盖恩喊道:

"请给我拿二十件半身铠甲。"

"很遗憾,每个顾客我们只卖两件。"

"但是,我需要二十件。"

"很遗憾,不行啊。"

最先注意到他们对话的是一位断了鼻梁、愁眉苦脸的金发男子。他在他们身边停下,好奇地听着。

"先生,哪怕十五件呢,我有很多孩子啊。"老先生苦苦哀求。

"不行,好心的先生,我不能这么做。"售货员拍打着自己的胸脯说。

不一会儿,他们周围就聚上了一圈人。围在中间的老先生双膝跪地,眼含热泪地乞求着多买五件半身铠甲。艾乌盖纽什以手遮目,但没有让步。

"哎哟!女士,您往哪儿挤呀?!"愁容满面的金发男子突然叫道。

第二天,当我经过旧货市场时,注意到那位"愁眉苦脸先生"在用单调的语调叫卖着:

"富有艺术气息的、弹性十足的、实用的半身铠甲!!!"

午饭休息的时候,艾乌盖纽什跑来求我帮忙,他气喘吁吁,脖子上的领带也歪了。第一批半身铠甲已经卖掉了。那些躯干被银光闪闪的钢铁包裹着的顾客,脸上带着满足的表情从我们这儿招摇地离去,而另一些依旧穿着西装上衣的顾客灰溜溜地走了,好像受到了羞辱一般,他们临走还放话说自己明天一定再来。

库存就这样倾销掉了。在公园里、街道上开始出现穿着优雅的半身铠甲的年轻人,在他们碰到熟人后,会眯起一只眼,风轻云淡地说:

"问我在哪儿买的?从私人那里买的。花了大价钱?噢,那当然了……"

老先生从此成了我的朋友,我很愿意跟他在一起闲聊。有一次,我们在维斯瓦河畔钓鱼,听到了这样的对话：

"您这是去哪儿呀，莫热耶夫斯卡女士？"

"PDT 商场！"

"去干吗！那里什么都没有！我昨天去过，问过那些半身铠甲。没货，听到了吗，您？没货，没货！"

在车站

我乘马车来到P火车站接我的泰奥多尔叔叔,他通知我今晚要坐夜车来这里。从我这儿到P火车站有三十多俄里①,沿途要经过平原和森林,其间还有大片砍光了树木的荒芜地区。我们省的土地不算肥沃,风景也不是民间诗人在诗歌中赞颂的对象,它的魅力就更是乏善可陈了,就像在贫瘠的地表下埋藏着的酸性黏土,隐在森林深处,没有人会在这里寻求良好的收益和富足的生活,这儿根本无利可图。要说起具体的环境,甚至连太阳都不愿意出现在这片对它的恩泽无以回报的土地上;风和气候就是这样规划好了——我们这边的天气基本是一成不变的单调,要么是多云,要么是细雨绵绵。抵达P火车站时已是深夜,天气一如既往,我借着远处昏黄的灯光眺望。

车站并不大,仅有一座建筑,楼下是售票处和快餐

---

① 俄利长度单位,1俄里≈1.0688公里。

店,楼上是站长的住所。我给马披上毯子,喂了草料,就走到了站台上等待火车,准备迎接泰奥多尔叔叔。蒙蒙细雨一直不停歇,在这潮湿的天地间,灯柱就像在流泪。是因为某种巨大的悲伤吗?还是由于笼罩四周的无尽死寂,亦或是从根本上因我们的生活中所存在的无法理解的东西而黯然神伤?

我紧紧地裹着毯子耐心等待,直到在叔叔应该出现的方向看到了一串红色的火花和一团团玫瑰色的蒸汽,火车慢慢地驶入车站,停了下来。

我跑近车厢,车厢里空空荡荡,沉寂一片,令人难以置信。这幅场景最初让我惊讶,紧接着带给我深深的刺痛。通常会有几个当地的居民和农民在 P 火车站下车,而那些继续驶向我们遥远省府寻找幸福的乘客,他们苍白的面孔会出现在窗边,哪怕是睡意蒙眬而漫不经心,总还是会向我们的车站投来一瞥。而此时,我跑过一节节车厢,一路只看到了漆黑空荡的窗口,不见一个人影。没有什么比一辆黑洞洞的、无人的火车驶过我们省——如我上面所描绘的我们省,更令人难过的了。这是一列只有六节车厢的火车,直至我走到最后一节车厢时,才看到微弱的烛光闪烁。

我略感欣喜,终于看到了人。我走上台阶,透过玻璃窗向里望去。两个男人相对而坐,他们都有头有脸,有花白而杂乱的长胡子,他们的手沉沉地撑在膝盖上,假装在打盹。其中一人身穿宪兵的制服,胳膊旁靠着一杆带刺刀的步枪。固定在窗边小桌子上的蜡烛用它微弱而摇曳的火光为我呈现出了这样一幅画面。

我打开门,清了一声嗓子,当两个人抬起头时,我问道,在旅途中是否看到过一位体型偏胖,身穿黑色双排扣礼服,披毛毡斗篷,戴怀表的公民,也就是泰奥多尔叔叔,可他们没见过。

他们用摇头做出了回答,那位穿制服的用嘶哑的声音,几乎是嘟囔着告诉我,有可能这趟列车并不是我期待的那位先生乘坐的、通常应该在这个时刻到达P火车站的列车。也许是出现了某些混乱吧,我礼貌地致了谢,慢慢在站台上走了一趟,没有再发现活着的灵魂,只好迈着犹豫的步子回到候车厅。此刻,火车停止喷气,安静了下来,显然这趟车不会马上继续前行。

我束手无策,只能在P车站多等一会儿了,直到那趟泰奥多尔叔叔乘坐的列车驶来。最适合等待的地方,不管是出于自然生理方面的需求还是有关领导的指定,我都认为应该是快餐店,那个我在前面提到过的快餐店。按照站长夫妇的意愿,快餐店为旅客提供价格不贵的餐饮:茶、煮香肠,甚至还有点小酒。

我就像通常的接车人那样坐在了餐桌旁,而此时那两位男人的身影出现在门口。他们并未跨进门,也没有像一般人那样开门见山地做自我介绍,而是站在那里仔细地打量我,就像我是他们的父母一样。在这个快餐厅里除了我,他们的确也没谁可看。我甚至觉得有点同情他们——尽管这想法很奇特也很可笑,在这个人口众多、幅员辽阔的省份里,此时此地除我之外只有房间的四壁。

我需要说明的是,我对一切都极其敏感,不管是对围绕着我的周边世界还是我接触到的一切。因此,当发生了违背常理的情况,其意义重要而影响倍增时,我的本性会令我以最快的速度对这样的环境进行界定,努力剥去它的奇怪外壳,揭示其并不陌生的实质。这怪异的表象准确地将与我临近的灵魂们推入到令人不悦的迷惑与混乱中。因此我努力地尽快结束解下枷锁的过程——两位旅客一直站在那里,不加掩饰地打量我——我采取了最直截了当的自救行动,问他们是否想跟我一起坐下来做个伴。这二人显然很愿意接受我的建议。

为了令事情不再脱离正常的发展轨道——不让我的努力白费,不让事情向不利于自己的方向发展,那就要顺其自然——我点了一瓶加焦糖的家酿伏特加。

如我所说,这两位客人看起来年龄相仿,都已经不算年轻了。他们脸色蜡黄,眼眸中充满了深深的疲惫和漠然，这是长途旅行的人经过了最初的兴奋和对风景的好奇之后的惯常状态。尽管他们不同的衣着标志着他们所处阶层的不同，但都是一样肮脏邋遢，满面憔悴。

可以说，这一对难兄难弟，如果不是天生就这样，那一定是命运使他们变得如此相似。

"先生们，这是为生意奔波、探亲访友还是去休养？"当所有人已经都坐下来，我开始礼貌地问道。

宪兵谦逊地看了看同伴，眼神中带着询问。同伴只是点了点头，眼睛却盯着他面前的桌面木板上的一个节疤。

"怎么说呢，我们实际上是出公差。我带着命令，他带着法院的判决。"宪兵说道。

我为自己的鲁钝而感到汗颜，我怎么就没想到，坐在我面前的可能是被捕者和他的押送人呢？为了补救，我急忙喊道：

"有时会发生错判的。或许并不是法官们故意为恶，"我补充道，因为我不想再得罪宪兵了。"证据有可能会搞错，或者证人做伪证，上帝知道一切，会给出真相。"

"这里没有什么弄虚作假。"宪兵严肃地说道。他的同伴打起了精神，点头认可，并接着宪兵的话说：

"在您了解了整个事情之后，请自己做出判断。"

他开始讲述，"本来一切都还不错。有一晚我自己坐在屋里，在想，我们可敬的领袖是多么睿智，是我们最好的慈父。我很高兴，我能这样想，跟我应该想的一样。在我正想着这些的美好时刻，不幸却从脑袋里降临，我要说，从脑袋里！"

他抬起手，放到额头上擦拭着，就像病人被什么东西碰到伤口，受了惊吓。

"当我这样想了一段时间之后，你们知道，一直思考同一件事是多么难，我感到很疲惫，好像有什么促使我做出改变，我开始思考相同的内容，只是从另一个角度。"

……万幸，我坐着，我想的是这个，而没想别的。因为，要知道，请你们设想一下，先生们——假如我想的不是这个，而是其他的，比如我们最好的慈父是驼背的，或者有些其他的毛病让他不能成为我们最好的慈父——请上帝宽恕。我当时坐着，为我没有那么想而满心喜悦，只有某些和我不一样的人才能够那么想，比如祖国的敌人。

"此时，太阳下山了，虽然我没想那些刚才提到的可怕念头，但实际上我可能会这样想，我突然由此感到不寒而栗。上帝啊，让我千万别动这些念头，让我想一些具体的事情吧，想一些正确的、美好的事情吧。还好，我现在没这样想。要知道，先生们，脑袋是这样的，它自己会思考，此时，就像我说过的，我全身颤抖，因为我明白，思想是某种不以意志为转移的客观存在。"

他停了一会儿，我和那个宪兵也一言不发，尽管后者已经不是第一次听这个故事了，我们还是认真听着，纹丝未动。我们周围一片寂静。

太阳已经完全下山了，而我此时，很不幸，我想到了，我遵纪守法的快乐是来自我想到：我没有像那些不守法的人或者祖国的敌人那样思考。但是要知道，我的思想还是有一段时间思考了祖国的敌人会怎么想。恐惧向我袭来。我再次重申，我当时是一个人，我抓起帽子，就跑到大马路上。

但是在那里，我的犯罪更加一发而不可收拾。因为，我在想着刚才我告诉你们的事，脑子里再一次想了一遍那些该死的念头，每一次重复这一思考，我就愈发沮丧。

事情很明显，既然已经到了这一步，我应该到当地警督那里自首，坦白并请求惩罚。我们所有人所熟知的中学生小彼得一定会这样做的。但我表现得很懦弱、很卑劣，我不但没有做出应有的举动，反而试图掩盖整个事情。而此时我正好接到传唤，到警局面对警督。

这样的传唤并不奇怪，警督通常时不时地叫我们每个人去谈话，问问健康状况，问问我们的邻居，我之前已经被传唤过两三次了。但这次，因为这件事，我的内心已经不纯净了。尽管警督可能觉察不出来，但也未必，我几乎确信，我们的领导已经知道我想过什么了。

警督像通常一样，问了健康状况，问了女裁缝玛利亚和退休了的米科瓦伊的情况，还有我的邻居们，我说了我能说的，尽管我已经吓得魂不附体，胆儿变得比刚出生的兔子还小。我们还谈了其他事情，直到警督坐在他的自画像下面，突然地，猝不及防地探问我："那，你们自己是怎么想的呢？"

"此时我透过窗户，看到运水工尤泽夫穿过广场，他深深地驼着背，用小车推着水桶。这可能只是巧合，但也可能是警督故意将他安排在这里，通过对照来试探我。我最终交代了。"

我们所有人都舒了一口气，就像听到了小说的结尾，尽管是一出悲剧，但好在总算有了个结果。之后，我们又加了伏特加。被判刑的人把小酒杯推到一边，最终说道：

"就这样，我被判到北部 N 市的矿山劳改二十年，我与这位不知名字的宪兵就是在去往那里服刑的途中。"

他所说的这个地方，正是用来震慑那些违法乱纪者的地方。然而我觉得不太对劲，不由得问道：

"怎么回事，先生们？你们现在乘坐的列车所行驶的方向与你们要去的地方可是背道而驰啊。"

宪兵和罪犯都重重地叹了口气。

"这是另一件事了，"宪兵说道，"到现在已经过去十五年了，因为各种各样的原因，我接到的出发命令上的这班列车，到现在还没有到达指定的地方。"

"会是什么样的原因呢？"我喊了出来。

"这些原因充分证明了我们国家的强大和国土的辽阔。"他严肃地回答，并用手指指向上方——"关于这个我们要时刻谨记。火车司机喝醉了，或是又有一段铁轨被偷了，火车开着，开着……有时，三个月或者半年也没有地方进站，哎，这时就感觉，我们永远思念的妈妈在拥抱着我们……包容着一切，哎！"

宪兵哼唱着一首原生态的慢歌，歌声中溢满了乡愁。他停了下来，满怀伤感地说着，这种情绪令他变得更可亲、更真诚。

"要是艾慕思药片①在车站小卖店不是那么难买到的话就好了。十年前我的嗓子还是非常清亮的。但经过这些年的风吹日晒，秋霜冬雪……"

---

① 一种治嗓子的药片。

"时间过得飞快，"我安慰他说，"我还记得自己小时候是什么样子，今天我都有了选举权，头发也越来越稀了。"

此时，站台上响起了三次铃声，接着传来勤劳的蒸汽火车头缓慢的喘息声。我身边坐着的伙伴们抬起头，就像在接受从天而降的召唤，这召唤对他们来说是那么熟悉而又不可抗拒。

"是时候该上路了。"宪兵说。

"是时候……"他的同伴像回声一样重复道。

我们静静地告别，拥抱了三次，如传统习俗要求的那样。

当隆隆声已远去，车站沉寂下来之后，我走到站台上。蒙蒙细雨时疏时密，路灯像之前一样流着泪，一片静谧。我想，我该驾马车回家了。

我是否应该继续等候泰奥多尔叔叔，无论如何都继续等下去呢？

一去不返

今天是我离开的日子。我已经在这个家过够了。对我来说，真的是够了。别人对于"我经历了多少"这个问题，都会感到无关痛痒，他们完全可以妥协地给出回答。或许有人会说："是的，是的，你的确经历了很多。"或许有人说："也不算太多。"所有的回答取决于对话的环境和我给他们的理由和证据。

配好鞍的马在院子里等着。我从来没有骑过马，但如果是为了离开这里，再也不用回来，这点困难就算不上什么了。

我一边这样对自己说着，一边在厨房和相连的走廊里忙碌。一个愚蠢的想法让我感到不安——"不要忘记带胡椒"。带胡椒干什么，对付魔鬼用，可是在路上我需要胡椒吗？在途中要留宿的那些小旅馆里，即使没有胡椒我也能够最终对付过去的。我对自己的这副面具感到厌恶，在它之后隐藏的是我对旅途的恐惧。最终我对自己说："如果我放弃了，就将什么都证明不了。重要的只是离开这里。"因此，我一边自我解释着这个神经质的想法，一边从橱柜中取出了那个拳头大小的木桶。小木桶上面烙印着的凸起的带着耳环的野人像，企图用它可怕的鬼脸吓唬我。没用的。我把那些刺鼻的粉末倒入小袋子之后，又把小木桶与它上面的小野人关了起来。我如此谨小慎微，只是为了从小木桶面前离开时，不需要怀疑自己是否对旅途充满恐惧。太阳已经升得老高，房子几乎被水平的光波完全穿透，仿佛是在对我说："我是绝对快乐的。不用担心我，走吧！"

　　我把篮子、钱袋、小箱子都集中起来，就像将军在战前召集军队一样，把它们都摆在窗下的原木桌子上。我做这些一定是有目的，尽管我自己并不清楚到底是什么目的。所有的帆布、皮带、宽大的皮革，粗糙与凌乱，勾勒出一次寻常而简单的乡村旅行，它们与家中粗陋的家具摆在一起显得十分和谐。必须承认，这张桌子是我曾经亲手打造的，尽管我付出了艰辛的劳动，却是力不从心。我从来不愿去看它，它的种种缺陷无一不证明着我的失败，我总是自诩手艺不俗，远超那些普通木匠。今天，我离开之前却再也无法忽略它。它在我行李的重压下发出了咯吱咯吱的响声……这些年来，它应该为自己的缺陷向我提出抗议的。今天它自己看到，这已经没有任何意义，我要永远离开这里了。谁知道，我当年制作它时难道是故意为之，或许那时我就已经有了离开的计划？一张桌子能知道什么呢……

我出了门，走到门廊去清理鞋子。鞋子在路上还将再次沾满灰尘，但那将是旅途的征尘。因此我没理由带走这里的灰尘，这块我不知多少次喂过鸡的地方的灰尘。我跪在凉凉的地面上。需要直言不讳地说说这片地面，它有什么贡献吗？如我记忆中的一样，它从来没有展现出其他样子——总是凉凉的。当我从炎热中直接赤脚走上它，不管当时脑子里想着什么，但只要在上面恣意行走，需要思考的就只有它了。地面是混凝土的，蠢笨而光滑，带着巨大而发白的脊背形图案和灰白色的辐射光芒状纹饰，每一道厚厚的光芒纹饰都呈现出极度拉扁的椭圆形状。就像在提醒人们去联想用于装饰的花。丑陋的马赛克变形图案是我们在学校学习拜占庭文化时曾见到过的。我极度卖力地用扫帚清扫着它灰白色表面上的尘土。

这样，我终于站到了院子里，面对着青天白日、被风吹得摇曳不止的树、敞开的大门、白色墙壁被阳光照耀得甚是美丽的房子。是时候该出发了。有上千个快乐的小精灵在我心中跳跃着，它们汇聚成一份巨大的快乐。我丢下所有，要去获得外面广阔的天地。与此相比，之前的，这里经历过的一切都是云烟。

太阳急切地攀升着，是在为我欢呼。被风吹拂的果树林向我挥舞着上百万绿色的丝绦。此时此刻，不管是歪歪扭扭的桌子（由于我的过错）、门廊还是胡椒桶上的野人都已经毫无意义了。

斜穿过院子，我有力的长腿并不确定它们该迈向哪里。

最后的一瞥。被胳膊甩起的披风为我的旅行赋予了神秘而崇高的感受，让我变成了那个高昂起额头，平静地离开舒适的日子，奔赴暴风雨般未来的人。

我这样想着，迈着大步穿过院子。我无法抗拒与昨日种种片段一一告别而产生的愉悦。我因此站在了比我高的向日葵面前，嘲笑着它们。贫穷而黑色的脸！你们就留在这里吧，摇摇晃晃地靠着一条空心的独腿扎根于此，你们站在这里做什么——只是为了摇摆你们火红的连鬓胡子向我告别吗？我还嘲笑了因霉烂而蓝绿斑驳的栅栏，又羞辱了柴房，最后对着水井展现了自己的傲慢。我走了一圈又折回来，步伐越来越轻快，我想到，还有必要再照照镜子。我急忙穿过门廊，站到镜子前。很久我都无法决定，该把旅行披风穿在右肩还是左肩上。穿右边我会看起来更帅些，但从实用的角度出发，我更倾向于左肩——因为右手需要留出来自由活动。我先退后了几步，然后又快步走近镜子，这是为了检验一下，我突然出现在别人面前时会带给人什么印象。为了获得神秘的集中表达，我还摆了静止的、侧身的造型。我还在极近的距离照镜子，撅起嘴唇，扮出一副疲惫不堪的面容，一会儿又露出迷人的灿烂笑容。直到我感觉到，刚才在院子里的行走以及镜子前的搔首弄姿已经让我有些疲惫了，我产生了想坐一会儿的渴望。

没有任何人命令我需要立刻离开。我还知道，过不了多会儿我就会感到饿了。为了打发这短暂的时间，在我的饥饿感全面袭来之前，趁着我还有足够的力量，我决定清扫一下门廊的地面。

最终我证明，需要吃点东西了，现在就吃还是过会儿再吃呢？我的审美需要、对清洁与秩序的热爱是如此强烈，我并不是总能抗拒它。我先将英武的旅行披风挂到了柜子里，别把它弄皱、弄脏了，然后开始了劳作。我忙碌了好一阵，当我把最后的污物倒入垃圾之后，饥饿感顺应着我暗暗的心意，已经表现得异常明显，举步维艰的双腿也需要休息了。

我把垃圾送出门外，顺路把马鞍卸了，以免马受累，然后就在厨房里忙碌起来。中午一定已经过去了，我明显感觉到午饭时间的反常。

我开始了一连串的小动作，为了能令我最终可以坐在我制作得并不完美的桌子旁而必须做的小动作。其中最后一个步骤是将折起的纸片垫到桌子偏短的那条腿下面,让它不再摇晃。看向窗外,向日葵静止不动,风停歇了。太阳已经不像中午那么炙热,阳光洒落在树木之间,有些向日葵的花瓣好似燃烧的耳朵,就像日落时分的孩童那样。

解了困乏之后,我又坐了一会儿,然后点燃蜡烛,因为天色已经暗下来了。在烛光下,我从橱柜中拿出烙有野人头像的小木桶,把为旅行准备的那袋胡椒粉又重新倒了回去。

明天可不要散掉了味道。

在阿托密采的婚礼

嗨，你会感到我们这里的科技水平很高，很高……

新郎在森林旁边有间不错的实验室，在皇帝大道沿线有大概两座核反应堆，在同一个大院里还拥有一座规模虽然不大，但整洁干净的化学合成厂。新娘的父亲送了一个发电厂作为嫁妆，它就坐落在村子的中心地段，教堂的旁边。嫁妆还包括一个彩色箱子，里面装的是六项生物化学领域的专利。毫无疑问，这对新人门当户对，非常般配。双方家长很快就同意了这桩婚事，宣布在阿托密采举行婚礼。

当新娘的哥哥来邀请我参加婚礼时，我正在压制冷轧板。他是位偶像型的学者，我教研室的同事。他赞美了上帝之后，在门前的地垫上蹭了蹭光着的脚，进屋在凳子上坐下。

我们的谈话进行得有些困难。因为今年喷气式飞机异常频繁地起降，粮仓后面新建了一个停机坪。不时有飞机起飞，巨大的轰鸣声盖住了我们的交谈。

"阿娜,我们要把她嫁出去了。"客人叹息道,"但愿婚礼上别出什么乱子。"他担心地补充道。

"会有什么事呢,婚礼肯定会十分顺利,不是吗?"我回答道。

我们又坐了大概一刻钟,看见从大学回来的孩子们走在路上,老尤泽瓦往谷仓里运送着燃料,之后他起身告辞,扬长而去。

婚礼如期而至。情况显得有点尴尬,因为这段时间我们这里的自然环境发生了一些变化。为了文明化,提高土地的利用价值,原来树木丛生的地方,现今变成了沙漠,河流被改变了流向,从这儿去教堂的路变得更远了。而自从我院子里建起了具有重要的经济意义的大坝,我家的大门就彻底打不开了,因此我离家外出就变得十分困难。

当我终于到达婚礼现场时,给新娘戴头巾的仪式刚开始。伴娘们唱道:

为你披头巾时,
请你举目望天,
为了你的孩子,
天赐黑色的眼。

接下来，对新娘进行了电解质处理之后，一对新人被送入了低压室洞房。

这时一批客人赶来。所有人都把民族风格的恒温防护服穿在了用网球服面料做成的深蓝色西装外面。有些人的防护服已经弄脏了。院子里喝醉的飞行员敲击着排气管，狗在叫。

直到教堂仪式结束后，真正的娱乐才开始。

我坐在屋外的地基沿上，想呼吸一下傍晚的空气。从屋子里飘荡出轻松的十二音风格的乐曲，又是合成的。一阵阵歌声和踏步声不时传出来，欢声沸腾，洋溢着色情的创作力。一颗明星在天空闪耀，孩子们向它扔石头。

婚礼圆满地进行着。十一点之前，年轻的斯梅伽从河边跳到舞台中心，他被称为舞蹈家、歌唱家和段子手。他旋转了几圈，站到了乐队前面，应大家的期望演唱道：

> 在我们的村庄前
> 光明的未来已至，
> 经由社会的幸福
> 迎来人类的福祉！
> 哦，万岁！哦，万岁！

他的歌唱大受欢迎，带来了欢笑与热烈的掌声。年轻的皮格受到了感染，做了一个点步跳跃，把帽子拿在一边转了起来，以自己的歌声应和：

首先必须开始的
是道德品行升华：
欲达社会的幸福
需经灵魂的净化！
呵！践行今日！

潮水般的欢笑与掌声再次响起。有人开始呼喊斯梅伽，让他做出回应。斯梅伽一言不发，悄悄地走近皮格，毫无征兆地向他引爆了一枚核弹头，这个危险品一直被他藏在袖口里。皮格旋转起来，火光开始四射，但他还来得及按下了礼服上的扣子和左腿上的发射器，将中程导弹径直地朝斯梅伽的额头发射出去。如果不是火箭的最后一级没有引燃，造成导弹的弹道出现偏离，斯梅伽一定完蛋了。斯梅伽摇晃着向后退去，撞到热隔离带上，热隔离带瞬间崩裂，斯梅伽飞入了高温的深处，与不断升温的元素混合在一起。

"人们，你们都干了些什么？！"新娘的父亲指向墙上挂着的老式盖革计数器吼道。

屋子里已经混乱不堪，巨大的蓝色欧洲蕨开始在屋子中心位置疯狂生长，这是在强烈辐射下的密闭空间里通常会长出的东西。又有其他的火箭四处乱飞，只有一个班布瓦还保持着庄重，他像通常那样用刀子锯割着什么。此时，一声尖锐的口哨声传来，男主人终于发声了。他看到已经无法让客人们安静下来，于是跳到家里的储液器上，打开阀门释放出毒气。生化污染向四外散播开来。所有人都钻入防护服，但我发现我的那件防护服上有个漏洞，而且我有点困了，我决定不再玩下去了，回家吧。

从举办婚礼的院子里散发出的强烈的辐射光辉使夜晚亮如白昼，让我很容易就找到了回家的路。我走得很清醒，因为不时会有一两片受了辐射的木板从天而降。我感到体内有什么东西在蠢蠢欲动，给我造成很大的干扰，但这种事情发生在纵情玩乐之后是再正常不过的。不一会儿，我开始长出了多余的犄角，每边三对，一根绿色的大独角从额头上冒了出来，脊背上则生出了坚硬的甲壳。我终于回到我的草庐，从窗框的缝隙中钻进了家。我找到柜子后面的一块板条作为安全的栖身之所，远离蜘蛛，安静地沉沉睡去。睡梦中，我还对这场喧闹的婚礼上的一幕幕回味不已。

青春的回忆

　　我以意想不到的方式成为了一个重要事件的见证者，这件事曾轰动一时，但没过多久就彻底沉寂了下来了。

　　那时的我还是个青涩的农业学实习生，经常被领导派往遥远的地方出差。有一次，我在晚秋时节被派去D地区测量某片土地。我记得，自己的内心产生了一种奇怪的抗拒，好像预感到会遭遇什么不同寻常的经历，但我别无选择。在出发的第三天我终于到了D地区的首府——R城，从这里再往前行就需要租马车了。为此我来到了小酒馆，在这里最容易找到马车。

　　我的目的地是Z农庄，之前这里是伯爵的领地，现在属于国有，也就是人民所有了。我来到酒馆，在那群站着的马车夫中询问，是否有谁恰好要回Z农庄。还真巧，碰到一个长得像狐狸的农民，他没有讨价还价就同意捎我去那儿。正当我们谈妥之时，有一个独自坐在窗边的人突然起身向我走来。从衣着上看，他无疑来自大城市，应该是个富人，他额头光洁，留着艺术家式样的长发。他礼貌地问我可否拼车同行。这位先生说他自远方来，也要到Z庄去，独自一人又人生地不熟的，也不懂如何跟农夫打交道。我欣然同意了，他给了我足够的尊重，我对他也充满好奇，再说有个伴总比孤身上路强。狡猾的车夫也没有异议，当那人站在面前时，车夫表现出一副受宠若惊的样子，大失方寸，双手一直揉搓着帽子，用温和的声音同意了我们之前提出的价格。之前，农民聚集的小酒馆里人声鼎沸，此时却鸦雀无声，在这位陌生人面前，人们都满怀敬意，下意识地站到了两边。令所有人都感到费解的是，这里并没有一个人认识他。显而易见，他的高贵身份和严肃眼神里流露出的精神力量一览无遗。

更让人诧异的是，马车夫甚至都没有把杯中的酒喝完，只是把车座位垫得更厚实些，就跳上驾车位，吆喝着驱马出发了。

出于礼貌，直到此时我们才互相介绍，我总算得知了自己的旅伴是谁。

命运真是眷顾我啊！跟我同行的是当时非常著名的文联诗人，他不仅享誉国内，甚至还名扬海外。他不是那种庸庸碌碌的码字作家，哦，不是！只需要看看他的仪态和那朝圣者般的面容，就足以打动那些愚昧不化的人。他之所以享有盛名，只因他创作的目的不是为了利己，而是为了利国利民。我感到奇怪，他为什么要在这么严寒、恶劣的天气里去那么一处穷乡僻壤，要知道，他在首府的生活温暖舒适，还有人照顾。我没敢问，但在我的言语或眼神中一定是流露出了这样的疑问，他自己先说了出来：

"请原谅我问得这么直接，这个地区经常出现偷盗事件吗？"

我回答说，我也不是当地人，但看上去好像这种事很多。

作家说道："如你们所见，尽管这次是我的私人旅行，但又像是公务。你们是农田的农学家，而我是人民灵魂的农学家。我尤其关心的是Z庄，那是我们两人共同的目的地。我明天将在那里为当地的农民朗读我的诗歌，为他们的劳作带来些愉悦。因此我想知道，我们要与什么作战。"

我说，我很高兴自己明天也将有幸听到他的诗，我的任务一时半会儿完成不了，明天肯定还要待在Z庄。聊到这里，谈话基本就中断了，因为作家陷入了沉思，他越来越频繁地从口袋里掏出纸来写些什么。

我们到达昔日贵族的庄园宫殿时，尽管天色已经昏暗，我还是一眼就可以看出这座建筑的景况十分凄凉。

甚至前庭门口的石头都被搬走了。瘸腿的红头发主席一边抱怨今年的收成不佳，一边满怀敬意地迎接我们，但他的眼中却流露出一丝轻蔑，他搓着手，挤眉弄眼。主席下令给贵客端上稀溜溜的清汤，端汤来的是一位饿得骨瘦如柴的老妇，她沉默不语，后来才发现原来是个哑巴。然后我和诗人来到了客房，客房墙壁的泥灰都被刮掉了。房间中只摆了一张床，第二张床中午前还在的，不知被谁搬走了，这有点难办。我把床让给了尊贵的客人，自己躺在屋角地面的毯子上，沉沉睡去。我梦到有人拽我身下的毯子，还好，早晨醒来时我精力充沛，心情也不错。诗人起床后很沉默，一脸严肃，哑巴妇人端来的汤他也只尝了几口。还有活儿等着我干呢，我匆匆喝完汤，拿起帽子就跑了出去。

　　这一天，我的任务没完成多少，因为我刚开始工作后不久，那片我应该测量的土地就凭空消失了。它本来该在森林旁边的，我找了很久，最终发现那片森林不见了，此时我才找到了那片地，但好像变小了不少。我不得不从头开始测量，筋疲力尽的我有点气急败坏，因为活儿就这样凭空变多了，这让我很不情愿。傍晚时我回到了庄园。

　　整座建筑已经充满生活气息，人声鼎沸。孩子们往活动室搬长凳，甚至有人把之前从这个房间地板上撬走的三块板子补了回来，以免诗人被绊倒。看得出来，主席把这里将举办盛大的文学诗会的消息通知了所有人。

我看到了诗人，他现在的神情比早晨还要严肃。也许他就是在等我，因为我刚脱下鞋，他就将望向窗外的目光收了回来，那里是一片砍伐之后的果园。他用焦虑的声音说道：

"这对我已经不是第一次，我在这儿感觉到，需要触动人们的良知。通常我会朗读小说《通向光明的道路》中的章节。这是部高尚的、纯净的小说，毫无疑问可以唤起人们对自我升华的渴望。在更艰难的环境下，我会读诗，这样不仅可以唤起渴望，还能激发冲动，诗歌蕴含着更大的启发教育的力量。然而我还有更有力的东西，之前还没有应用过，那就是散文诗，题目为《庄严地鞭笞》。您认为怎么样？"

我不想惊吓他，出于尊重，我停下清理鞋底泥巴的动作，直接问道：

"我能问——也许还有其他的吗？"

"除了这些，就只有格言警句了。"

我站起来，低下头，眼光落在了一只蟑螂身上。没什么可隐瞒的：

"我想您应该立刻从威力更大的开始，再加上格言警句。"

"您是这样想的吗……"他小声说,"您是这样想的……我相信别人。"

活动厅里人头攒动,就像开大会一样。当作家走进来时,所有人都向他鞠躬,仿佛他是一位神圣的使徒。他毫不迟疑地展开书卷,开始朗读起来。

我听得出来,他是从诗歌开始的。屋子里更加安静了,只是四座偶尔发出一些窸窣的叹息,就像将死的鸟儿的叹息。时至今日,回忆起那晚,我的心中依然充盈着那些飘荡的诗句。这些诗都不是脱离生活、无病呻吟的作品,不是!它们直击人们的心灵,唤起对自身和他人更完美升华的渴求,不仅独善其身,更愿兼济天下。我往活动室看去,人们如被钉在座位上那样一动不动。越来越多的啜泣声传来,这里多说几句——我自己感到,在内心深处的良知里发生了某些改变,尽管我只是个局外人。当诗人结束朗诵时,我还无法缓过神来,所有人还坐在那里,眼巴巴地看着,似乎在问:"已经可以回家了吗?"当然也有人开始放声痛哭,大多是女人。

此时,诗人开始朗诵最具威力的部分。

我在长凳上调整了一下坐姿。这部分内容里没有任何笑话,通篇格调高雅而充满智慧。毫无悬念,它非常完美地实现了任务目标,激发了渴求与冲动,令人们追求善行,这种追求并不局限于完善自身,而是拓展至完善整个社会，这些诗句紧紧扼住了每个人的喉咙。此时的大厅内已经哭声一片。窸窣声越来越大，直到朗读突然被一声强烈的"咣当"声打断。所有人的头都转向发出声音的地方。是会计，他轰然倒下，以头抢地。他喊道："平衡表，平衡表！在过去的三年我做了假账，我偷了公家的钱肥了自己的腰包，嗷嗷嗷！"副主席来到他身边，帮他擦去脸上流下的泪水，说道："兄弟，并不是你自己做的，你是在我的煽动下做的，为了我的利益，我同意了你的犯罪，我有罪，我有罪！"他重重地锤打着自己的胸膛。

审判日在这里开始了。诗人提高了音量，继续坚定地朗读着，被他鞭笞出来的罪人一个接一个地倒下。四下里"咣当"声不绝于耳，哀号与痛哭声响成一片。在会计和副主席之后，那些矮小和虚弱的人也纷纷崩溃。人们喊着，交代出自己偷过的东西：从谷物到钉子，从鸡到鹅。这个说自己偷过狗，追悔莫及，要求自我惩罚；那个就要求打自己的脸，因为自己偷过门栓。之后更胖的和更顽固的人也撑不住了，认罪对象也从牲畜、马延伸到收获的粮食——我等着，看谁提到那块地，我想知道，我需要重新测量多少，我可以节省多少工作量。还有一些人，开始寻找自己的帽子，准备跑到派出所坦白自首。但需要说明的是，并不是所有人都认罪了，那些脸色变红或变白的人还在做着思想斗争，他们眼中有晶莹的东西在闪烁，他们顽强而坚韧，在努力压制着内心的高尚冲动。但不难看出，他们已经开始变得越来越虚弱，抵抗不会持续太久。还没有读到散文诗的结尾，我知道，后面还有格言警句做储备。

在这片混乱中，身为局外人的我要比他们本地人头脑清明一些。我好奇地四处打量着，很快就发现，那些最胖的大人物一定侵占过森林和田地，上帝知道他们还攫取过什么稀奇古怪的东西。他们在墙根处聚成一团，正在密谋。看得出来，他们也在朗读的触动下变得心虚不已，但他们体内有着超越人类的力量，异常冥顽不化，不仅撑到现在都没有认罪，而且还不停地自言自语，像是在给自己出主意打气，主席的脑袋在他们之间时隐时现。

但是此时我不得不把注意力转开，因为一个老家伙重重地摔倒在我腿上，嘴里还念叨着关于一些木料的事，他与侄子马切伊在月圆之夜一起偷过木料。我费了半天劲儿，才把腿从这个悔恨的老爷爷身下抽出来，然后我必须按摩一下这条腿来疏通血脉。突然我听见一声惊叫，我抬起头来，在灯光下，看到作家手执诗稿，口若悬河地朗读着，而不知是谁往他头上罩上了一个粗糙的布口袋，然后灯灭了。我跳起来，但后背遭受到了猛烈的重击，我陷入了一片黑暗，不省人事。

先生们，你们想知道，我年轻时经历的这桩奇事最后的结局吗？其实结局蛮平淡的。我醒过来之后，继续去完成自己的工作，量完了土地，尽管其间小费了一番周折。然后我先回到R小镇，接着回到我们省城。

而那位诗人，三天后有人在距离Z庄很远的一条路边的枯柳树洞里找到了他。他头上套着袋子，双臂拧在背后被五花大绑。他的呻吟声让马受了惊吓，神父在那里发现了他，还给他做了驱邪招魂的祷告。据传闻，现在他已经完全变了一个人，整日在地下室游走，写些悲悲戚戚的、令人费解的、脱离生活的书。

道德品行

我们讨论了在人生道路上性格的优点与取得的成就这两者之间的关系。

顾问发言:"比如我吧,为了攒钱给家里盖座小房子,戒掉了抽烟的恶习。于是,我今天已经拥有了一座漂亮的带花园的独栋房子。只需要一点儿坚强的意志和毅力就足够了。"

政府官员说:"我同意您说的,先生。但是节约和坚韧并不是全部。就拿我的例子来说吧!每天,我在办公室下班之后,我还额外做点编织的活。这不仅是为了挣点钱,还为了践行我的原则——不能无所事事,虚度光阴。先生们怎么认为?在我从事编织副业一段时间之后,一辆漂亮的丰田汽车,先生们已经看到,就停在房子前面,那是我的汽车。因此,我想说的是,在通往成功的道路上,除了顾问先生强调的自我节制之外,勤劳也是非常重要的因素。"

主席说道:"至于我,我从来不抽烟,因此很遗憾我也无法戒烟,而且我也没有做手工活的才能。但除了性格的优点之外,是否还要考虑心灵的优点?在一个淫雨霏霏的秋天,我在路上碰到了两只绿色的青蛙,我正要熟视无睹地从它们身边走过时,它们竟然对我口吐人言:'我们好冷,抱抱我们吧。'我被它们悲惨的命运所打动,起了恻隐之心,接受了请求,把它们带回我简陋的茅屋,给它们取暖。结果令我惊讶的事发生了,这两只绿色的小青蛙,一只变成了一座能住下一大家子人的豪宅,另一只变成了一辆奔驰车。"

"您依旧留着它们吗?"顾问和官员都喊道。

"那我能怎么处理它们?我总不能把它们赶走吧,只因为它们改变了形象?这是不人道的。"

"先生,您呢,我的同事?"顾问对助理问道,助理一直还没有开口。

"哦,我就是通常的做法:连哄带骗、弄虚作假、有时还小偷小摸,就这样还挺管用。"

"可恶!"大家齐声喊道。过了一会儿主席问道:

"偷了什么?"

"也没什么,只是足够我给孩子买了架直升机。"

"真的?"

"当然,超级眼镜蛇牌的。"

我们厌恶地离开他。不但偷,还撒谎!

决 议

决议涉及：除雪。

我们，以下各位签字的人，连同主席一起，在召开的关于覆盖在我们城市的雪的特别会议上，通过了如下决议：

第一条：在问题解决之前不进行其他脑力工作，开动脑筋全力以赴打好除雪攻坚战。

第二条：在人民中，尤其在青年中采取广泛的行动来普及有关雪的危害意识。

第三条：揪出那些以不恰当和有害的方式颂扬下雪的歌曲和诗篇，包括但不限于以下作品：《雪如绒毛拖尾长裙般向四周展现自己的魔力》和《雪花飘呀飘》。

第四条：坚决反对用铲子来除雪的落后倾向，因为这是封建社会的糟粕，不但不符合我们的世界观，还使人民付出了艰辛的劳动。取而代之地请参照第一条（念做壹）。鉴于爱斯基摩人是处理与雪相关事务的指导者，我们为爱斯基摩人就地提供积雪，以及皮草的保养与清洗服务。鉴于外汇储备不足，因此我们建议，爱斯基摩人能在不与外国换汇的框架下来访。为回报爱斯基摩人，主席有义务到爱斯基摩人生活的几个国家或者其他国家回访。

第五条：每个职员有义务在玻璃上仔细清洁出一个大小合适的洞，用于观察爱斯基摩人到底来不来。

第六条：该决议将在融雪后的第一时间即刻报送上级领导机关。（当雪开始融化一点，被积雪从外面堵住的会议厅的大门可以打开之时。）

（不清晰的签名）

五谷普*小鸟

小时候,我哥哥曾把我放到发烫的火炉架上。这个经历让我过早地有了思考关于"人与大自然"命题的冲动。温度对我们行为会产生什么影响?尽管正是这个问题激发了我探寻大自然的冲动,但这并不是我决定找寻答案的唯一问题。我感兴趣的还有人在广阔的自然圈中处于怎样的地位、扮演什么角色,等等。我当时坐在炉子架上所获得的卡路里,在热能转换为语音之后,我又将其还给了空气,也就是——我认为——转换成了动能。而在此之前,我认为声音依赖于振动,也就是运动。我以这样的方式,在生命历程的拂晓时段就已经顿悟到一个事实:我是大自然循环中的一个环节。什么时候人为了成为大自然的一部分,要融入自然万物的游戏中,何时又要保持自己的独特性?总之,得益于哥哥,

---

* 作者杜撰的一种与犀牛共生,粪便可变酒的小鸟。现实中与犀牛有共生关系的小鸟是牛鹭,又名剔食鸟,它在给犀牛清理伤口、啄食寄生虫的同时获取食物。

人与大自然之间的界线、联系和信条已经从幼童时代起就令我着迷。

要想满足这份热情，就需要纯粹的实践努力和掌握大量知识。无需舍近求远，我选择了大自然的代名词，也就是最显而易见的形式——首先是动物学，还有植物学。在隐秘的热情驱动下，我不停地追求、体验、努力，面对大千世界，这一切为我换来了著名学者的头衔。然而我感到自己的欲望还远远没有被满足，任何目前我所找寻到的答案对我来说都远远不够。满意的答案一直是欠缺的，这份不满驱使我在五十岁时又来到一所新的科研机构，在这个全新领域的深处，只有一个人相伴。

这里的气候糟糕得犹如地狱。动植物群落异常繁盛。那栋一根柱子撑起的小屋就是我们的机构所在地，它建在沼泽附近，深入森林。在唯一的助理——上尉C的陪伴下，我与周边的上千种瘟疫进行了几个月的斗争，不屈不挠地进行着调查，探索我最热衷的课题——各种动物间共生共存、相互依赖的奥秘。

上尉C是位勇敢的年轻人，他忍受着艰辛，懂得辨别危险，从他的表现不难看出他还是位聪明的观察者。

我们为生存进行着艰苦卓绝的抗争。炎热的天气、笼罩在附近沼泽的迷雾、不期而至的暴雨、数不胜数的有毒动植物、疾病、与文明世界的彻底隔绝、各种猛禽凶兽——在这样艰苦的条件下，我们不仅要生存，还要进行科学研究。

很快，不管我们愿不愿意，都必须适应周围的现实，从外部到内部都要尽量接近大自然。我们的脸上生长出长长的毛发。一直不剪的指甲使手看起来更像禽类的爪子。说话也变得粗鲁、狂暴，甚至口齿也开始不清。要说思维状态，知识分子的优雅早就荡然无存，保留下来的只有深入骨髓的专业知识。想要从大自然中发掘出它的奥秘，我们必须在一定程度上观察它与我们的区别。此时我们还不惧向它做出暂时妥协。我觉得，总会有回到常态的一天，完成了任务之后，我们知道该如何回归文明世界。

我们经受的最大折磨是上午十一点至下午三点之间难耐的酷热，此时不得不停止工作。我们两人会分开，各自熬过这段时间。我会浑身无力地躺在木板床上，而我的年轻朋友会走到远处灌木丛中，他认为那里更凉快。

我已经提过，我们在考察动物间的共生情况。我们观察的基础是犀牛，该物种在其他地区已经完全灭绝了。目前唯一的样本就住在我们驻地附近的沼泽中。它是只巨大而孤独的个体，就像我们从之前的描述中和自己的观察体验中获知的那样——它野蛮而危险。我们只能够保持着高度的警惕，通过望远镜从远处观察。

很快，我们观察到，在犀牛旁边有只小狐狸在转悠。一只小小的、不起眼的小狐狸经常在沼泽的方向出没。后来，我们看到犀牛和小狐狸一起走向森林。我们用了几个星期的时间才解开这个谜团。这只小狐狸跑在前面，给巨兽指路，它知道哪里长着大家伙喜欢吃的野生山葵。而犀牛一个踏步就能踩平一片土地，同时让獾挖的地洞入口暴露出来。每当这时，小狐狸会立刻钻到洞里，趁着雄性不在的时机，与洞里的雌性进行一场快速的交配，此时雄獾通常待在森林深处。就这样，犀牛找到了自己喜欢的山葵，而狐狸则逃避了建立自己家庭的责任。我感到十分震惊。

身为动物学家，我对动物的残忍无情和寡廉鲜耻有着充分的了解。但是现在，在这么原始的条件下，它们居然做出了技术含量这么高的事情，真是匪夷所思。

我勾勒了下一步的行动计划。

首先应该考察的是，小狐狸怎么会知道雄獾几点离开家。在弄清这点之前，我们的调查无法往下推进。

我们最初推测，是森林鼠以某种方式通知了小狐狸，因为这里存在着利害关系：森林鼠希望小狐狸在性生活上投入更多的时间，就可以将注意力从均衡饮食的问题上转移开。众所周知，森林鼠是狐狸的食物之一。可惜推测是错误的，自然界确实妙不可言，向狐狸提供信息的竟然是雌性狒狒。这只狡猾的动物告诉了狐狸什么时候有机可乘，因为她从自己的丈夫身上了解到了这种高度发达的本性，从而把忠实模仿的机会提供给了狐狸。

"这太可怕了！"晚上我对自己的同伴说道，"我主要有两个感受，第一是厌恶和恐惧，第二是对大自然完美的组织性的由衷赞叹。"

"对我来说，组织性才是最令我振奋的。"年轻人若有所思地说道。

"如果什么时候，在大自然的依存关系中加入人的环节，"我继续说道，"带给无意识的自然界追求精神价值的本性。这样并不会打乱大自然的循环，恰恰相反，会成为大自然有意识的环节，赋予大自然新的、更高尚的内容。"

接下来的问题并没有带给我们平静。如果雄獐能够猜测到，从它们的生物物种发展的角度考虑，它们的外出会带来极为糟糕的后果的话，为何雄獐会频繁地到森林里去？找到这个问题的答案就更难了，因为往往是我一个人去调查。上尉开始抱怨头疼、头晕，他还经常发高烧、说胡话，有时又昏睡不醒，陷入深深的梦中，鼾声如雷。

我无法继续思考这个问题，因为我们又有了下一个令人震惊的发现。雌性狒狒由于关注于引导狐狸的可耻行为而疏忽了安保工作，导致大蟒蛇乘虚而入，捉走了小狒狒。

"这简直太可怕了！"晚上我发出了感慨。上尉躺在木板床上。这天他感到特别难受，这是他第一次在他通常到森林深处漫步的时间段——每天上午十一点至下午三点——待在了小屋里。"这是黑暗。"我说道，"假如我知道，在这个世界上，赤裸裸的欲望和饥饿的对象是人！您对此有何感想？"

"我不知道……"上尉迷迷糊糊地回答。

突然间，我们的小屋受到了猛烈的冲击。我端起了步枪，往外看去。在月光中我看到巨大的犀牛在踢柱子，那根支撑着整栋屋子的柱子。已经没时间可犹豫了，我举枪瞄准……

"别开枪！"上尉激动地喊道，他一把将枪杆抬起，"您有没有听说过一种名叫五谷普的小鸟？"

"您疯了！"

"如果您射死了犀牛，五谷普鸟就会死掉！"

"鸟死不死关我屁事！"

"大蟒蛇会吞掉五谷普鸟，除非他在忙着吃小狒狒!"

"那又怎么样呢?!"

"如果犀牛不再与小狐狸去找野山葵,狒狒就将有更多时间照顾孩子,蟒蛇就会去吃五谷普鸟!"

我听够了这些不知所云的废话。

"听我说!"我喊道,"五谷普鸟关我什么事?过一会儿犀牛就会把我们的小屋推倒了!"

"五谷普鸟不是普通的鸟。它吃一种特殊的叶子,经过消化后……"

他的声音变得嘶哑。

"可以变为酒。"他小声说,"每十克五谷普鸟的干粪便兑半升水。"

我脑中开始明白他的意思了。

"这跟犀牛又有什么关系?"我喊着,把步枪抵到他的胸口上,"说,快说!"

"我每天从十一点到三点给犀牛按摩,它在按摩后总是有胃口去吃野山葵。"

我明白了。上尉在五谷普鸟那里玩的时间太长了,没顾上伺候犀牛,于是没有享受到按摩的犀牛就跑来提醒他。半小时之后,上尉在我眼前给犀牛做了按摩,犀牛心满意足地离开了。

上尉拒绝回到文明世界,大自然把他彻底吞噬了。

后来我总算理解到,为什么雄獾会如此频繁地离开洞跑到森林里去,它想静静。

排万难而达星辰*

某日,小说家来到乳品店,部分原因是为了喝牛奶,还有部分原因晦涩难明而无法说清。他注意到一个排队在他前面的年轻人。如果不是年轻人异乎寻常的苍白脸色和脸部及身体上极度虚弱的体征,那他就与其他人别无二致。年轻人的目光模糊不清,他的衣服尽管还算干净但皱皱巴巴的,就像刚结束了一段漫长而疲惫的旅行归来的样子。当轮到他时,他用清晰但安静的声音,措辞谨慎却并无夸张地对服务员说道:

"请来六十个面包和一个牛奶。"

在如今,每个人都可以随意出行,在这个山沟里的居民都可以自由组团畅游整个国家的时代,这样点餐也不会令人感到诧异。但小说家对这个年轻人的兴趣愈加浓厚了。小说家拿了自己的那份"甜菜里脊肉"①,这

---

* 取自拉丁文短语,汉语译为"排万难而达星辰"。

① 此处是作家杜撰出的一道菜,直译是"甜菜做的里脊肉",里脊肉用了法语词"filé",作家这里的目的是调侃,法式里脊肉排既没有用甜菜做的,廉价的奶制品店里也不会卖法式里脊肉排这类高级菜。

是在装饰精美的柜台消费了一定金额后有权得到的,他找了个目光能看到年轻人的地方坐了下来。

当年轻人吞咽了第一口由奶牛生产的营养饮品时,他的双手在颤抖。淡淡的红晕立刻浮现在他惨白的脸上。此时他突然动了起来,就像被一种不可抗拒的力量驱使着,他拔出钢笔,开始在餐巾纸上奋笔疾书。

他不停地写着,只是偶尔啃一口面包,或者梦游般地把杯子凑到嘴边。很明显,他每喝一口牛奶就增添一分力量,因为他的笔在纸上写得越来越快。当杯子喝空时,一个面包也吃完了。他环顾四周,如大梦初醒,然后收起了钢笔,走到街上,带着剩下的五十九个面包。

他身后的门刚刚关上,小说家就拾起年轻人留在桌子上的纸片,用行家的眼光浏览起了上面的内容。

这是一个完整的小说梗概,尽管存在着某些缺点和不足,但无疑是部天才的杰作。

小说家起身去追年轻人,尽管他对能在人头攒动的街头找到目标并不抱多少希望。小说家注意到年轻人离开时走得极快,但此时年轻人停下了脚步。从脸上可以读出他内心的挣扎。他朝近处广场上的长椅走去,急切地在一张裹面包的褶皱包装纸上写了起来。小说家静立在他身后,透过手臂的间隙看看他到底在写什么。

小说家来得及读到的内容令他十分惊讶。年轻人写的是之前餐巾纸版小说梗概的扩展,他删掉了部分错误,已经可以看出明显的进步。

小说家做了自我介绍。年轻人抬起他阴郁的双眸望向小说家,眸中闪烁着天才的光芒。小说家预感到自己多年殚精竭虑地工作,被人才的光环照耀的日子就要结束了,但他愿意照拂年轻人,渴望将他们培养成自己的接班人,帮助他们获得名望。

"先生您不能待在这里,请跟我来,别管这些面包了。"小说家兴奋地喊道。

年轻人很明显并不情愿接受这份邀请。他挪了下腿,鞠了个躬,但并不想离开。更令人感到奇怪的是,他并不给人一种怯懦的感觉。

小说家几乎是强迫着把他带到了自己的住所,在路上为年轻人描绘了美好的前景,并承诺要帮助他。年轻人沉默着,向他投去冷漠和神秘的眼神。好像只是因为那五十九个面包束缚了他的行动,让他没有采取什么积极的反抗。

这并没有让小说家退缩。

"贫穷的、原生态的、天才的……"他感动地想着,"需要帮助他,督促他。"当他们到家后,小说家把年轻人关到自己的书房里。他没有再理会那些面包,让年轻人把它们留在了身边。他不打算过于强烈地干涉别人奇怪的习惯,这一定是在之前那段艰难时期养成的。他只是吩咐自己的女管家去准备一顿丰盛可口的午餐。当年轻人被关着吃完午饭后,小说家热切地给自己的熟人们打电话,告知他们自己的惊人发现,然后喊来了女管家。

"他在那里做什么呢?"小说家问道。

"吃完了,现在坐着,在写。哎,您这是在给自己找麻烦……"她补充说,接着就告别离开了。只不过是个头脑简单的妇人。

"太好了,太好了!"他喊道,搓着双手。

中午过去了。年轻人一直运笔如飞。晚上的灯光笼罩着书房。经过了这样非同寻常的一天,小说家过早地感到了一丝倦意。他把书房的钥匙藏到枕头下面,躺下睡着了。

小说家突然醒过来,一种不祥的感觉萦绕心头。他匆匆披上中国真丝晨袍跑到书房门口,把钥匙插到门锁孔时,他双手都在颤抖。书房被朝阳照亮。在清晨温暖的光线下,就像预示着新的开始和更愉快的生活,那昂贵的纸上闪耀着圣骨般的光泽,上面密密麻麻地写满了字,却被随意地丢在桌子上四散开来。房间中空无一人。

小说家扑向桌子。不需要多久,他就看明白了这些纸上的内容。最初在乳品店里所看到的内容还是青涩的、不确定的，尽管已经有了天才的雏形，后来在广场上所写的就已经具备了更为清晰的轮廓，而这里看到的绝对已经是闪烁着耀眼光芒的杰作了。显然随着食物的摄入，年轻人的思维能力得到了迅猛攀升，之前只是因为缺乏必要的卡路里和维生素而影响了他的创作。在书房里的那顿丰盛午餐令他完成了最终的升华。

通向阳台的门敞开着，标明了他逃跑的路径。新鲜的风吹拂着窗帘。显然刚才这位无名的天才顺着野葡萄藤爬了下去，跨过花园，到了街上。他逃跑了，还带着面包。

小说家快速换上保加利亚短款羊皮袄，跑下楼梯。第一个提供有关年轻人线索的是报亭的残疾人。当然，他看到过年轻人，甚至还跟他讲过话，因为年轻人曾向他买过 A3 纸。之后，扫马路的清洁工目击了他在最近的有轨电车站等车的场景。"很年轻，看起来像玫瑰花那样迷人。"他还补充说，"只是一直从口袋里掏出纸在写着什么。"小说家尽管匆忙和焦急，还是无法抑制地赞叹："甚至在逃跑时还在写作！是的，我发现了一位百年不遇的人才，难道现在这无价之宝就要从我眼前消失了吗？"他决定打起精神去继续追寻。

根据清洁工的口述，非凡的年轻人所上的有轨电车只能驶向火车站,因为这趟车到火车站只有一站地,而且火车站是终点站。小说家心怀忐忑地赶到了火车站。一列列火车从这里驶向四面八方,逃跑者可能已经去远了,没有迹象表明可以轻易找到他。小说家向站台的入口处走去时,注意到了一名铁路员工,他的职责是查验旅客们的车票。此时这位职员正在读着什么,他的脸上显露出极为生动和多变的表情。他一会儿笑着,一会儿陷入冥想,有时甚至在抹眼泪,他对乘客不闻不问,放任他们自由进出。小说家走近了,看到铁路职员手里拿着几张 A3 纸,上面的字迹歪歪扭扭,似乎是写作者的手随有轨电车的颠簸而颤抖所致。

"您从哪儿得到这个的?"小说家用急迫的声音问道,他有种无法言喻的不祥预感。

铁路职员困难地将注意力从阅读中抽离出来,他半天才明白过来小说家的问题。显然他的思绪深深地陷入了纸上所描绘的世界。在他回到现实之前,最初乱喊了很久:"啊,他简直了!我的天呀!啊呀啊呀!"他不情愿地解释说,这份手稿是从某个拿着面包的年轻人那里得到的,年轻人就是从这里上了站台。铁路职员在说完这些后,立刻又如饥似渴地读了起来。小说家没有片刻耽误,直接跑上了站台。几节郊区车的车厢停在站台四处,几个火车头在昏昏沉沉地喷着气。小说家一节一节车厢、一个一个包间地找寻，这并没有太大难度。"只要他不是藏在椅子下面，我就不信，他能平白失踪。"他想着。又查了查时刻表，如表所示，从年轻人自铁路职员身边走开到现在的这段时间没有任何列车离站。

他无助地、充满悲伤地在站台上慢慢走着。他知道，如果打电话给熟人们，告诉他们关于这位无名天才的事，会令他现在看起来很可笑。也不完全是，他不是还保留了写下的文字作为证据吗？但整件事一定还是会让每个人都觉得不清不楚、疑点重重。他几乎可以确定，熟人们一定会认为他故意写了一部杰作，又编出一个关于无名的年轻作者的童话。人们会说，他是在用这种方式吸引别人的关注。

小说家已经在车站的边缘迷失了。松散的几节车厢，并不着急开向何处的几节货车，在半昏睡地等待中，小说家无意间经过了一节单独的车厢，听到了某种类似蜂箱中发出的沙沙声，但可以百分之百确定不是蜜蜂发出的声音，也不是任何生物发出的。他研究生活，曾经在农村住过一段时间，大自然的奥秘对他来说并不陌生。

这奇怪的声音是从一节单独停放的封闭货车厢里发出的，那种车厢通常是用来运输马以及其他要求封闭运输或小心运输的货物。小说家把耳朵贴在散发着焦油和煤灰气味的木板上。声音变得异常强烈,因此他确认这声音来自厢板后面的车厢里。车门位于车厢的另一侧,小说家随即跨过铁轨,绕到车厢对面去看个究竟……

门敞开着。在车厢深处坐着一群年轻人,都在执着地写着什么。他们有六十个人。他们的钢笔在纸上闪电般地疾驰,发出奇怪的声音,有点像小提琴在倾诉,又像野蜂在振翅,抑或是百万只蚂蚁碾过草地。

在车厢尽头坐着那位年轻的逃跑者,与其他人一样在写着。所有人都很相似,一样的穿着,干净而朴素,西装因为旅行而略显褶皱。尽管脸上有着各自的独特性,但都带着共有的高贵表情,带有天才的烙印。

小说家一把抓住了逃跑者的手。他想对逃跑者说些什么、问点什么,但还没有来得及开口,就看到年轻人像从极遥远的地方、从地球之外望向他的目光。这目光带着可怕的冷漠和虚幻,眼睛中没有任何反映。小说家见此,脸刷地一下白了,他放开了年轻人的手,磕磕绊绊地移动到门槛和铁轨,开始逃离车厢。钢笔的沙沙声、唏嘘声、嗡嗡声无休止地追逐着他。

一位穿铁路员工制服的老者叫停住他,好奇地打量着。这打量的目光,迟钝呆滞、苍白褪色的目光令他恢复了意识。

"这节车厢？……"他重重地喘着气，手指着身后，问道："这意味着什么？"

老者叹息道：

"他们是被一节密封的车厢从不知道什么地方运来的。他们写？是的，一直在写。当我们一打开车厢时，他们既没有赞美上帝，也没有问你好，什么反应都没有，只是低头运笔。我觉得他们在路上已经写了一些了，但是他们很虚弱，一个个都饥肠辘辘。看得出来，他们远道而来，已经把带的食物吃光了。现在有一个人跑去买了面包，每个人得到了一个，他们喝了点水，然后马上就写得更快了。谁知道他们怎么回事……"扳道岔的老者陷入沉思，结束了阐述。

"谢谢您。"小说家嘀咕道。

"没什么。在我们这儿，扳道岔的，各种事情都会遇到……"

那份快乐从小说家的心底消失得无影无踪。他低垂着脑袋，陷入不明的沉思，在惶恐中缓步离开了站台。现在才是清晨时分，但他想到自己要做的工作，已经感到疲惫不堪，如同脚底灌着铅，沉重而艰难地走向城市。他进了一家饭馆。侍者提供的菜单上有丰富的前餐和正餐供选择，但他略作思忖之后，只为自己点了一个普通的主食面包。

"一杯伏特加。"他过了一会儿又对侍者说。

他期望酒精能够加速他的某些思维,将某种不安具体化,目前这种难以言喻的状态使他受到了极大的困扰。"面包怎么回事",这才是他主要点的东西。

"再来一个面包,"过了一会儿他要求道,"……再来一杯伏特加。"

一顿午饭,他又吃了三个面包,除此之外没吃别的,又喝了一杯伏特加,但困扰他的疑云依然还在。下午有人在不同的地方看到过他,他越来越不清醒。这一天他根本就没有回家,一会儿在蛋糕店,一会儿在酒吧泡着。直到夜里他总共吃掉了十五个面包,更多他也吃不下了。面对这情况,他只能多喝酒。深夜是在娱乐场所度过的。

"只有十五个。"他对酒保说,"个体对于集体来说一文不值。尤兹先生,我把这杯咕咚吞啦!"

最终他被朋友们领回了家。

早晨,他没有睡足也没有休息好,尽管他十分需要这个。电话铃声把他吵醒,之后是第二个、第三个电话。小说家的朋友们纷纷致电。他们的声音充满了兴奋。在他两次因为酒精的作用而产生的昏沉睡眠之间,在他被潜意识所毒害的梦游间隙中,在充满了遥远的联想和最终碰到虚无的痛苦追赶中,他接到了这些电话,从中得到的信息让他大约在中午前后勾勒出了下面的事件原貌：

出版大厦前驶来一辆出租车，从车上下来四位衣着朴素、干净整洁的年轻人。他们带来了大约六十公斤的杰作。其中一人带着鼓，他们在鼓点的伴奏下，迈着均匀的步伐走进出版社。他们行事谨慎，尽管很有礼貌，但带着拒人千里之外的无情。他们没有介绍姓名。出版社的经理无法抑制地赞叹着，当场就给他们开出了最高的稿酬，但他们只要求返还买纸的花费，和支付他们斯巴达式简朴生活的基本费用。他们签署了合同，走出出版社，坐了同一辆出租车离开了。职员们从窗户望出去，发誓说，他们在车上就掏出钢笔开始写了。审阅者立刻开始看他们运来的材料，证实说，这样精彩的作品平生未曾读过。

这一天对小说家来说本该是沉重的一天。因为在昨天饮酒过度，通常要过数个小时才能恢复健康状态的。但越来越多的电话，反馈着城市里正发生着某件不可思议的事。越来越多的新相识和越来越远的人来电话，就像在面对突发危险时，达成共识和取得相互支持突然变成了所有人的共同需求。小说家前天打电话告知自己新发现的那些朋友也打来电话。当时，事情还没有发展到像现在这样离谱，他们曾用激动的声音询问细节，他们问那位年轻的天才怎么样了,当得知他逃跑了之后,还发出了尖叫,扔掉了话筒,就像着急去什么地方,很有可能是去咖啡馆。而此时小说家的女管家已经不应答任何呼唤,不知去向,小说家口渴得要命。

终于某位批评家来电,这位批评家以敏锐、冷静和理性而闻名。这是在至今为止的喧嚣和混乱中第一个包含有序内容的电话。批评家要求小说家提供逃跑年轻人的手稿,供他分析。

小说家摇晃着走进书房,但手稿不翼而飞。他先找了书桌,然后找遍这个房间,都是徒劳。在卧室和客厅也同样没有发现,尽管他期望着,可能自己喝多了把手稿拿到了那里,丢在了某个角落。他最后到了厨房。在那里见到了坐在床上的女管家。她正在读着他苦觅不得的手稿。他简直无法相信自己的眼睛。这个头脑简单的妇人总是对书籍文章敬而远之。除此之外,随便碰主人办公桌上的东西在那之前都被她视为亵渎神圣之举。

小说家试图从她手中拿回手稿,但是遭到了反抗。她双手抓着手稿,一直在读着,一篇接一篇,是怎样的真正杰作让这样一位粗鄙无文的俗人拥有了如此力量。在小说家跟她争抢撕扯时,由于用力过猛,把她推倒在地,她的头磕在了金属扶手上。她躺在地上,胸前还紧攥着从手稿上撕下来的碎片,尽管这样,她还是想继续读后面的内容。她的脸上却展现出沉默而安静的幸福。小说家披上越南式马甲，腋下夹着夺回来的手稿夺门而出。

分析确认了之前的预测。这是一部艺术形式完美的杰作，符合任何时期的所有文学要求。而且，每个句子中渗透着超自然的、无法理解的完美。这突破了已知的界限，深入到了至今无法预知的领域。同时又好像完全表达了所有存在的意义，但又留有足够未说尽的，吸引着、诱惑着人的神秘及永远得不到满足的渴望。有一件事可以确定：对于这个级别的作家，谁也无权置评。

之后几天的实践进一步确认了分析结果。那些由四位天才组成的代表团送到出版社的杰作以从未有过的速度很快就付梓上市了，所有正在印刷厂准备印刷的其它小说都为这些新的完美佳作让步。出版行动中笼罩着极大的快乐和活力。在此之前，出版社需要努力去寻找作品，也许有的还不错，但并不是很完美，需要到各个作家工作室去寻找作品，那些工作室满怀嫉妒、骄傲地提供着艰苦的脑力劳动成果——而现在突然出现了汗牛充栋的完美杰作，这些作品甚至不需要做任何修改。第一批新书立刻售罄，不仅普通百姓来买，卓越的专家们也不吝出手。不仅小说家们，就连批评家们也感到了威胁。杰作是如此的无可挑剔，以至于一切细微瑕疵、任何批评文章的基础和起点都消失了。甚至是通俗的推荐文章都变得毫无意义，因为根本就不需要。农夫中断了耕种，开始阅读，致使春播被推迟，刚插的秧处境堪忧；饲养业也变得岌岌可危。此时除了第一批最后几本书的出版之外，很快就可以期待下一批相同质量的新书面世。天才代表团又再次光顾了出版社，这次出租车的后备箱拉来了几百公斤的后续佳作。之前的小说被扔到角落，被所有人遗忘，变得黯淡、乏味和多余。整个国家只读这些作家新的、神秘的作品。

在上述事件发生后仅仅一周，小说家动身去了某家诗歌出版社。诗歌是他一直遭遇失败的一个文学类别。他的文件包里带了几首自己的诗作，都是绞尽脑汁写的，因为他必须克服困难来对付这个陌生的领域。然而他对能够成功收到预付款抱着希望。他看不到再有其他出路了。在路上他碰到了一位相识的杰出诗人。

"不必去那儿了。"这位诗人阴郁地警告他说，"他们已经在那里了。昨天他们的诗歌系列出版已经启动了。现在该轮到我们了。"

他们沉默地并排走了一会儿。天空阴沉，开始下起了雨。

"也许我们该去剧院？"小说家最终说，"我有个戏剧的创意，很久以前就有了。"

他们拐上了一条街,这里有一家剧院。他们发现,如同诗歌系列一样,戏剧系列和电影剧本系列也被涉猎了,同样还有:舞台剧作品、所有种类的歌剧作品、短小的马戏独角戏,甚至是儿童文学。讽刺剧场已经被占领了。同一天从那里搬出了十几个人,他们很危险地狂笑。这是最后决战的信号。

当小说家在一个外省的小车站下车时,鸟儿们都已经在树枝上入睡了。他环顾四周,踏上崎岖不平的道路穿过森林。被盲行的脚步踩断的干树枝劈啪作响,脚步的回声和落叶四散的飒飒声萦绕四周。在最近的防火障地带,他与其他作家队伍汇合。戏剧家们试图走过架在小溪上的人行桥。某些杰出的批评家在那里筑起了堤道。童话家们乘榛木疾驰,从树林里传来松鸦粗粝的叫声。先锋派们用约定的信号召集着自己人。写实主义者们僵硬地行走着。这里有位现实主义者在行进中观察着蚂蚁的生活,而那里某位儿童文学作家不知是想从洞中驱赶小狐狸,还是在往树洞里吹气。年轻人毁坏古木,啃噬着树皮,把齐人高的树皮都咬秃了,致使排便艰难。从林间路上传来不知是谁的喧哗声。

就这样,这个熙攘的、贪婪的、傲慢的民族崩塌了,一直有从四处来的新队伍,有些人直接放下挤牛奶的活,有些人从家庭杂物中抽身,有的从农家宅院来,就像被征军令召唤而来。

所有人都集中到了林中空地，在狩猎的木屋里有已经准备好的会议大厅，还有过夜的地方。

当最后一个气喘吁吁的，头上沾有树叶的迟到者从森林里走来之后，门就关上了。几个最敏锐的批评家面向堤道方向充当守卫。严肃情绪笼罩着的会场秩序井然。客人会被搜查，但还是有几个人已经设法喝了些橡子酒。这些人被送去了卧室。

主席很快就开了场。他讲到，这个在如此遥远的山旮旯里召开的会议是官方召集的，是学会为了纪念一位民间诗人，这位诗人曾用朴实的语言描绘过当地的美。但并不是学会自己召集来了如此多的参加者。"因此我建议，立刻纪念这位诗人，然后我们开始谈事情。"他说道。

与会者表示赞成。在纪念完诗人之后，委员会的一个成员站了起来。

"轮到我负责总体阐述一下我们的处境，"他开始说道，"然而我认为，我们所有人都已清楚了解，毋庸赘述了。唯一令我们欢欣鼓舞的现象就是我们拉起手来，全体团结一致……"

大厅里传来声音："雷谢克是个流氓！"

"……全体的团结，我再说一遍。这里我看到了有年轻人还有老手,有现实主义者,也有最极端的拥护者。现在我们来确认一下现实。"

"文学界出现了拥有可怕才能的新作家写出的作品。这些新人是谁呢?我期待的回答是,对于所有人这就像天启:他们经常被推测是外星来的人。他们被提前输入了各种精彩的形象和最奇异的事情。但所有人都预感到,他们能够成为绝对卓越的文学家,他们的话将成为完美箴言。他们并没有神秘的光芒,也不是什么新型能量,更不是结构奇异的机器,而是在文学艺术领域的超常天才。他们的到来和表现,对我们来说,他们成为了语言专家,这让我们难堪,就像对于我们这些地球上的工程师来说,突然从宇宙来了一些卓越的技术大师和构造师。但这种不幸降临在我们头上,而不是工程师们的头上。"

大厅传来声音:"让理工大滚蛋吧!"

"……我们毫不感到意外,出版商和经理们会扔掉我们的作品,只接受他们的。我们自己之间就敞开讲吧,我们在座的所有人。面对完美,面对宇宙之谜,我们中的任何人,不管是谁,都无法比他们更有才更优秀。"

大厅传来声音:"请只代表自己说话!可耻!谁不是更好?说什么呢?!谁没有才能?那实证主义呢?"

……现在我要几句话解释一下，为什么我们无法公开地召集我们的会议，需要逃离到这里举办偶然为之的诗人纪念会。因为全国都只读这些新作家的作品，这些作家受到所有人的喜爱。甚至原本很和谐的家庭内部，也出现了兄弟间相互抢夺他们作品的现象，印刷厂的印刷速度赶不上人们的需求。因此，大家考虑一下，同仁们，这是什么情况。我们终生都在努力追求着完美、神秘。我敢确定，也正是因此我们赢得了大众的尊重。而凭空蹦出来的这些人，他们实现了我们的梦想，他们一进门就已经是完美和神秘的。此时的我们，我们自认为没有被击败，没有高唱"和撒那，这是所得，这是显现，这是开创"[①]，而是突然开始气愤，有什么令我们不快，最终我们甚至召集了这个会议来反对完美的使者。这看起来如何呢？公众对此会怎么评价？

"你们会问：秘密地还是公开地，我们召集这样的大会，我们此时又怎么面对我们自己？请你们允许，我不当众回答这个问题，我就让你们每个人自己找到解决方案……"

有声音说："出版业内存在着校友会关系网！……嗨，把本子还给我！……你怎么回事？！"

---

① 本句是作者杜撰的赞美诗。

"……我再重复一遍,我们在完美面前是平等的……"

有声音说:

"那么那些得了奖学金的又是怎么回事?……"

"在这简短的开场白之后,我想我们不要浪费更多的时间来解决这个天意降临在我们头上的问题,我们已经只能考虑如何自卫了,尽管我承认,这个成功的机会非常渺茫。"

大厅里骚动了起来。没有人睡觉了。有些声音高喊:"飞吧!飞吧!卡基克去哪儿了?"另一些人平静了下来。窗外夜已深,树丛爬上了黑黑的山墙。有人拿来了电灯泡。批评家们在草屋顶上用回声绵延的嗓子喊着:"注意意意意……注意意意意…… "那些饿了的人拿出纸包着的面包。

接下来,学会新闻部的主任提供了事情的报道。与演讲者相反,他没有进行整体的综合发言,也没有人期待他这样做。他用安静而干净的声音讲述,用事实和数据说话,准确地提供了信息。与会者从发言中得知:年轻的天才们被安置在兵营内,分成了四个队,被称为"分队",每个"分队"由十五个人组成。每个"分队"又细分写作小组,每组五人。每两个"分队"就组成一个排。他们只能在有组织的队伍下一起进城,而且只有当他们积攒了足够的杰作时才会运进城。他们在签了合同,拿到预付款后,又成队形地有序撤回大本营。

有声音问:"一页给他们多少钱?!"

根据情报人员的证词,天才们写作节奏控制得很均匀,运用了从步兵训练的规则中提炼出来的方法。这一规则是,在进攻时第一排队伍步行前进,此时第二排队伍卧倒,火力掩护前者,然后相互轮换。天才们也大致分成两组替换。当一组写作时,另一组就读第一组写的内容——用这种方式他们实现了自我完善,还能不断地提高发展。因此那种寄希望于高强度、高出产的写作难以持久,日后的作品质量将每况愈下的人注定要失望了。他们不乏自我完善的手段,同时这种体系还让他们能够自给自足。

有声音说:"……跟他们喝点怎么样?"

讲话者用平稳的、毫无感情的声音继续说:"天才们吃得很简单,但很健康。避免有烟的住处,睡前会散步、做体操,从不熬夜。只喝水,量很小,而且是煮过之后的水。"

直到现在,看起来,所有人都明白了情况的危险性。强大的静寂笼罩着大厅。月亮升到了威尼斯式窗户的后面。有人以不自然的嗓音要求点灯。

之后,发言人就如何降低天才们受欢迎度的话题做了报告。勇敢的、准备好一切的作家志愿者们成功地乔装打扮成读者进入了公共图书馆，企图在那里丑化杰作，但遇到了强烈的抵制。这已经是他们能够采取的所有举措了。因此他向与会者呼吁，希望大家集思广益提出建议。有人要求，那么就直接殴打读者。但这时有一位小说家站起来，以他与自己的女管家所经历的事件为例，论证了这一方法的无效性。有人因此又提出召开改进本国创作的大会。"需要更多的灵感"——"只在蜡烛旁写作！"——"把弗瓦德克从协会中踢出去！"——"让更多人进来！"——这就是暴风雨般的大会的全部成果。

这时，一位此前一直坐大厅深处边缘角落的人站了起来，尽管至今为止一直没有发言，与会者带着尊重的目光望向他。这位先生温文尔雅，由于笔耕不辍，头发已灰白，艺术和小说的各种思路令他的脸上沟壑纵横。唏嘘声充满了大厅。他先用明亮的目光扫视了一圈，然后用雄浑的声音说：

"同仁们，兄弟们！我们的大会接近尾声，需要告知大家的是，尽管我们听到了一些正确的意见，但并不能从这些意见中凝结出一个统一的、核心的纲领。因此，以全面拯救我们境况的名义，我们要采取行动。"

大厅再次变得静寂下来,所有人都盯着这位海特曼①。他喝了一口酒瓶里的酒,继续说道:

"如我们的精兵强将们所说的,天才们是集中而平行地写作,我们是分散作业,我们流行单打独斗各自为政。我看到了一条道路:我们应该把力量集中起来,团结起来,放弃利己主义。因此,让我们每个人做好准备,到达我们指示的地点,立刻出发。在那里我们建造一个防御营地。在那里我们集中所有思想和才能,相互交换题目和观点,进行讨论和研究,我们买光那些杰作,一起抵抗竞争者,尽管是暂时的,但我们至少付出我们能够做到的。那么,出发去营地!"

"到营地去!"所有人重重地重复说,就像头脑中被注入了新的灵魄,之前的思想还被疑惑弄得如此虚弱——"到营地去!"这喊叫声把古屋的墙震得摇晃,传到了院子里,再透过黑色的森林之墙传向远方,狗也开始狂吠起来。在森林深处,过着半兽人生活的开采焦油的人听到叫声,从临时床铺上起身,伸手在原木材料的墙上摸斧子。与会者们相互拥抱并开始哭泣。的确,这景象很美。宿敌在这里相互拥抱,许下友谊;小伙子搂着老家伙,壮年男子揽女子入怀,就像拥抱着同胞姐

---

① 旧时波兰军事指挥官。

妹。到处是喜极而泣。

坐在后排的小说家在最喧闹的时刻走出来解手。夜以冰冷的、绿幽幽的月光拥抱着他。突然他颤抖了一下,尿到了腿上。猫头鹰在塔上悲凉地哀嚎,一种不祥的预感笼罩着小说家。

作家们纷纷带着打字机,甚至带着妻子涌向指定地点。海特曼选择的是很久以来就以适合寻找灵感而著称的地方。一侧是沙洲中间宽宽的湖面和令人心神愉悦的柳树,另一侧是半圆形的矮山浅壑。在这半圆上建起了一个小镇,古城堡的防御工事让小镇拥有了双重安全屏障。队伍在婚礼现场般的白色果园走过,土路上被踏得尘土飞扬。农民们跑出茅屋,眼睛眯起,眼镜和高高的额头上闪耀的光芒晃得他们睁不开眼,他们对外域的服装、阵列和队形充满了好奇。作家们走得很欢快,就像奔赴的不是艰难,而是去娱乐,他们开着玩笑,手里玩着刺绣精美的马具,让自己的嗓子稍事休息。

只有孩子和上帝的选民,那些被赋予了长久无罪特权的选民会如此高兴看到这些。但是……

一种奇怪的负罪感困扰着小说家的灵魂。他承担着自己的义务,他与大家一起坐下来,发言,与大家肩并肩战斗。没有任何人对他恶语相加或是投来缺乏善意的目光,但他一直记得,他曾出现在这件事的最开始,在乳品店里,他无法释怀。

很明显,并不是什么行为证实了他的罪恶,而是它存在于作家内心,这里和那里,无处不在。

在作家们困守的第二个月,傍晚时分,海特曼在堤坝上绕着大炮巡视着,大炮并不多,因此被很好地固定和保护着。已经很久没有消息从国内深处传到这块困窘的弹丸之地。志愿者们又去送过一次作品——之后就再无音信。营地运作得差强人意。缺乏题目、论点、理念、想法、线索……而那些仅存的,海特曼命令把它们储存在地窖中,定量分配给最需要的人。四处爆发着分歧。所有人也的确在写,但问题是"写什么呢",受到困扰的不是一个人,尽管整个营地从外部看依然情绪高昂。

沼泽之上暮霭升腾,白雾盈谷。近处,副指挥官们跨步走着。小说家被编入队伍的尖兵之列,就在海特曼身后,负责扛着将军重重的、战斗的钢笔。

少尉说道:"诗神的飞马们[①]再次喃喃地抱怨着,他们得到的供给太少了。"

"没什么。没有这么多供给的,人民是愚昧的,"海特曼说道,"但这又怎么样呢?"

---

① 希腊神话中的灵感之源。

营地首领展望远景。

"什么也没看到，尊敬的长官！"

接着炮兵长拿着望远镜看着，"这儿也没有，那儿也没有。"他确认道。

所有人在沉默中相互看了看彼此。暮色已经从小山坡上降临了，河流被蒙上铅灰。风带来了营地的喧沸嘈杂声。

小说家走向前面说道："请允许，让我去吧，我去突出重围。"

海特曼盯着他的眼睛看了良久，最终把手抚到他肩膀上说："去吧！"

在午夜前，他顺利地越过了沼泽地，陷入在芦苇的青纱帐之中。有时云彩如同天马行空，月轮隐现，此时他就停止不动，努力像水鸟一样，时而变得如插入到水底的芦苇一般。此时他屏住呼吸，静静地倾听，当绵软、蓬松的云彩被回归的夜染黑时，他艰难地前行，小心翼翼地挪动着步子。

有什么在附近冒了一下头。鲍鱼？黑水鸡？也许是……

他的额头上冒出了汗珠。成片的流云此时一闪而过，河上波光粼粼。

小说家回忆起自己安静的书房、柔和的灯光，回忆起自己的文学作品——充满了瑕疵和缺点的作品，但那是人类的东西，而不是可怕的充满着冰冷灵感的完美创作，来自某个星球的尘埃中。

而现在水里浮现的就像一颗被砍下的头颅——翻着白眼，灰白的舌头伸着，还在笑……

勇气！只要到达这高高的岸边！只要爬上岸！当他爬上山腰时，出现了第一缕希望的曙光。他望出去，营地已经很远了，只能看到几个由守卫点燃的火把明灭不定。他的心揪了起来。那里睡着他诚挚的同仁们，为迎接明天的写作劳动而休息着的同仁们。

现在只需要跨越林中空地。

还等什么呢？云彩正在散开，月亮呈现出令人厌恶的圆满，在明亮的空地上，小说家与完美面对着面。小说家后退。在他后面是巨大而葳蕤的橡树。他背靠着树。至少从后面还有什么可以衬托出他。

他抽出自己那只忠实的"威迪文"牌钢笔，双手举着它。尽管已经没有希望——但他不会屈服，将与完美抗争到底。

先前那种钢笔急速书写的沙沙声在橡树林上空回荡。

我曾经如何战斗

我一早出门取牛奶时,注意到家门口的街上立着路障。这一定是他们不久前才设置的,因为大约四点钟我起床的时候,那里还空无一物。

这可真是个惊喜,我想道,最好是根本就不躺下睡觉。

路障,就像通常的一样,是由各种东西拼凑堆叠起来的。它中心的位置立着一个巨大的槐木柜子,上面镶嵌着银光闪闪的白铁片。通常放在柜子上面等待变熟的西红柿散落遍地。当我靠近时,支撑着这座春天的建筑的人群正在争吵不休。

"见鬼吧!"那个身材高大,脸盘晒得黝黑,看起来像首领的人说道,"你给我最终说清楚,你愿意因此而牺牲,是不是?"

被问的那个小个子倚靠着一杆长枪,用火柴杆剔着牙,显然是想拖延时间。

"如果你不想,没人逼你那样做!"高个子喊道,

"你自己铺的床单,你就自己睡吧!"

"我可以!"小个子同意道,"我该站哪里?"

首领给他指了个地方。我深感嫉妒。我总是在与灰暗乏味的、毫无前途的日常生活抗争着。每天清晨我出门取牛奶,然后回家,把它放置成酸奶,再就是刷锅洗碗⋯⋯我也想战斗。而且此时我正游手好闲,无所事事。

"我渴望战斗,"我向司令官说道,"舍生忘死地战斗!"我补充道。

指挥官上下打量着我。

"受过教育?"他简短地问道。

"是的,但也不能完全这么说,不过我读过很多书。"我回答道。

"我们需要知识分子,"指挥官打断我的话,"你们躺这里吧。"他指着路障上面的位置,"你们不会射击,但是你们的脑壳够硬,可以让职业杀手们的子弹无力地陷入里面。别害怕,他们不会装太多火药的,因为火药都被供应商和军官们偷走了。锅也有用。"

我执行了他的命令,沿着路障,躺到了指定位置。右边是突出的柜子门,我的脚抵着填充玩具熊。天气预报说今天将艳阳高照。

路障上一直保持着忙乱状态。我很满意,已经被分派了任务的我尽情地打量我的武器伙计，观察着附近的石房子。在二楼右侧的某个窗户上，有人挂出了白旗。被指挥官派去的侦查队带回消息说，是某个色盲挂的，他们对此又展开了一轮调查。

太阳越升越高。我熟悉的看门人从大门前走了出来。我小声喊住他。他满面愁容、一脸严肃地走近我。本打算派他到楼上给我拿个小靠垫，因为柜子的边角非常硌我的头。但在最后一刻我担心指挥官会因此对我有意见，于是就改口问了问看门人，他对这一切有什么看法。

"很伟大呀！"看门人小心翼翼地答道。过了一会儿他补充说："之后谁会来收拾残局？"

一辆满载蔬菜的车驶来，应该是准备开往市中心集市的。我看到指挥官与车夫聊了一会儿。车夫立刻就答应了指挥官的要求。很快，成筐的土豆、圆白菜、胡萝卜和苤蓝成为我们路障的一部分。路障被加高了半胳膊肘的高度。

刚刚摆完蔬菜，从街角又出现了一支队伍——幼儿园的小朋友在保育员的带领下走过来。每个小朋友手里都拿着洋娃娃、玩具熊或者木制小鸭子。他们站成两行，一二报数。保育员向指挥官敬礼，报告说，幼儿园渴望为抵御敌人做些贡献，孩子们将自己的玩具贡献出来加固路障。指挥官接受了报告,走到小朋友的队伍前问道:"你们是否改玩刺刀战了?"然后队伍踏着步走开了。玩具熊和洋娃娃加固了路障的右翼。

"就让他们来试试,"一个老兵对我说道,示威似的抖动着他的胡子,他在想着那些敌人,"你们站起来,帮我搬一下柜子。"

柜子比预计的重得多。我们搬完后,老兵卷了支烟递给我。但我们必须掐掉烟,因为从档案馆和历史博物馆运来的大量羊皮纸刚送到,然后很快又到了一大批书籍。这些书是从技术学院运来的,被用来加固了路障的左翼,现在的路障给人一种坚不可摧的感觉。敌人应该快来了。

还不到十点,我们的路障就已经堆到了两层楼的高度。不时还有新的建筑材料送抵。面对敌人入侵的方向,我们用从附近医院运来的床垫堆成了完美的防护墙。我现在躺得很舒服,视野也越来越宽广。指挥官也感到非常满意。在接下来的再一次视察时,他站在我旁边。

"一切就绪,"他看着我躺着的位置,十分肯定地说,"那些蛮子一定准备好向我们射击了。"

"恶棍!"我自信满满地说道。

"无赖!"指挥官骂道,我确定,我被温暖的袍泽之情笼罩着,"这正是我们从他们身上能看到的。"

他走回自己的岗位,而我感到非常自豪,至于那个关于小靠垫的想法最终被我鄙夷地放弃了,从医院来的床垫也不差呀。

路障的景观逐渐呈现出多样化倾向。残联送来自己的假肢,被放置在中心,上面密集地捆绑上沙袋,看起来壮观极了。我翻个身,仰面躺着,望向天空。从某一刻起我就没有跟别人讲过话了,因为那位老兵又跟着小分队去征收床单了。很快,各种物件堆成的小山耸立起来,令我们越来越自豪。羽绒被、棉被等又增加了路障的高度,而我这部分还堆上了缝纫机,我必须承认,这玩意儿严重地硌疼了我。我又自圆其说地认为这是战略上必须的。我在精神上论证,假如敌人正好攻击我这部分路障,击中了床单,但不能指望床单挡子弹啊,所以必须得有缝纫机。敌人的将军肯定会一头雾水!而后果是——他们必败无疑!

根据最新的消息,敌人应该在中午入侵。我并未感到无聊,因为从我的位置——如前面所述,我一直躺在路障的顶峰,可以看到住在四楼的人家。天气越来越热,窗口都是打开的。每户住家都已经缺失了不少的东西。比如十六号房,在排水渠旁的窗户里,可以看到两个独臂人在下国际象棋。他们躺在地板下棋,屋里所有的东西很早就被搬到我们的路障上了。其中一个棋手一定是敌人潜藏着的同伙，他居然向我伸舌头。我把这事汇报给老兵，他立刻派了侦查队。棋盘被扔到了路障上面，我十分得意地看着，两个独臂人现在无所事事，只好抓苍蝇玩，或者笨拙地试着玩捉迷藏和名词游戏。

我的视线已经能够看到这么远啦！面前的街道尽头处是一个摆着长椅的小广场——敌人应该会从那里发起进攻。左边和右边——排水渠。我简直是觉得自由自在，高高在上！我能够看到房顶的瓦片、泥浆，甚至还有死麻雀。再远处——屋顶、烟囱、随风旋转的被鼓风机吹得奇形怪状的白铁片、天线，还有更远处——教堂的塔顶。如果我往下看去，在巨大而陡峭的斜坡下面，堆满了各种东西，我看到了像蚂蚁一样辛勤工作的人群形成了一条条无尽头的长龙，人们往路障上搬来、推来、滚来各种东西：灯具、旋转木马的部件、铁器、硬纸箱、蜡烛、水缸、饰带、照片、内衣，还有留声机唱片，等等。看到这幅场景，我的内心几乎期盼着敌人的到来——让他们来吧，在我们强大的壁垒前溃不成军！有时，希望敌人不要来的想法的确萦绕在脑海中，但我没有大声表达过这种思想，我可不想被批判抱有失败主义思想。也许是饥饿让我产生了类似的怀疑，饥饿感最初还不是很强烈，但后来愈加无法忍受。我多次试着思考，此刻我的奶锅会在哪里呢？当我想到，根据首领正确的计划，奶锅被扔到了最能发挥其防御功能的地方——最后的位置时，我感到很欣慰。

午后的烈日下，在我背后的下方，喧闹声依然没有停息，尽管离我有点远。我躺在前哨上，身体一阵发虚，我时不时处于半昏睡的状态。此时，我恍惚间感觉到战斗已经结束了，我仿佛看见了我的锅立在人群中，因为积极参战、表现英勇而获得了荣誉奖章，奖章在蓝色的珐琅锅体上熠熠生辉。我又看到另一幅画面：牛奶在煤气炉上煮着，泛起白色的光圈，奶逐渐热了，香气四溢。我被耳朵上或鼻子上受到攻击引发的疼痛而弄醒。我起身，以为是敌人来了，原来只是独臂人用玻璃管砸成的小碎渣扔我。老兵没在附近，但我还是感到了欣慰，因为就算是出于恶意和报复扔向我的小碎渣，也在以自己的方式为我们的壁垒添砖加瓦。

我非常希望敌人快点来，已经到十七点了，就算是十七点半来也好啊。此时我终于发现了柜子到底为什么这样沉，原来里面藏了一个老头儿，这家伙是为了逃避参加建造壁垒的劳动才躲起来的。他解释说，之前他已经参加了三场战争了，他的腿很疼。

我晒了一整天的太阳，几近虚脱。这时听到在我身后一个端着长鸟枪的人吵嚷着：

"我真不明白,"他抬高嗓门喊道,"你们承诺过,我会为此牺牲。也许已经是时候了,你们看看表!这就是你们所说的可靠性吗?你们自己说!"

我竖起了耳朵。

"请耐心点。"老兵向他解释道,"你们总想一蹴而就。你们看看我,我是一个老兵了,不也是什么都没遇到过吗?而且,不是我的错,这是敌人的错。"

"这不关我的事。"端着长枪的人坚持道,像个孩子。

指挥官走到他们身前。

"这里发生了什么事?"他严厉地问道,"你们不相信我?我保证,敌人即将到来,现在我本该自己在堡垒上抵御进攻的。准备战斗吧!"

"如果是这样,那就好。"不满的那个人嘟囔道。

老兵走近我。

"我头疼,"他十分沮丧地说,我回想起来,说道,"应该在三层楼的位置,在混凝土搅拌车的下面。"

路障背面的行动已经基本结束了。只是偶尔运来一些罕见的东西,那些至今都被鄙视的东西:蚀刻版画、木乃伊、内衣漂白剂,等等。我想喝水。

夜幕降临。城市里应该是没有灯光的。灯泡,如果我没记错的话,被放在壁垒中间的位置了。

天已经彻底黑下来了，我借助手和脚，寻找着突出处与钩状物，开始小心翼翼地往下爬。某一刻，我与老兵处于眼对眼的近处，他被挂在混凝土搅拌车与缝纫机之间，不知正在挖着什么东西。我沉默地经过他。我还看见了指挥官，他给自己选了一顶礼帽。

我找了很久。我跋涉、翻越、匍匐前进，有时还在堡垒的深处摸索爬行。那里满是各种填充物，它们之间排列得并不紧密。我在这些物件之间的空隙中扭动着身躯，有时又要跳过外部的飘窗。我通过味觉、触觉和嗅觉努力地区分出陶瓷和人造树脂、亚麻和棉布、柳条和芦苇、铜和铁。我经过了成千上万的空间、嗅探了数不胜数的气味、穿越了各种崎岖不平与奇形怪状，终于在月光下看到了我熟悉的熠熠闪光的蓝色珐琅。

我拽出我的奶锅。起初，只是从壁垒的深处传来细小的碰撞声，然后是窸窣的簌簌声，就像沙流从沙丘中泻出的声音。

我记得，我抱着我的奶锅，急速窜向旁边的那条小巷。路障在我身后轰然崩塌。

简短，但完整的故事

　　管子是亘古以来就存在的，最初的管子是天然的，譬如竹子、血管或者肠道。还有地壳上从很早以前就密布着的暗河、林间路，沿着这些管路流淌着火山岩浆。然后人类文明模仿自然创造了自己的管子：运河、水渠、排水管、望远镜、显微镜以及实验室的各种试管，一言以蔽之，各种各样的管子，其中有些异常复杂。

　　因此存在着各种管子，每种都以自己的方式传导着不同的东西。直到有一天，某条管子开创了管子理论。时至今日也没人知道，这个理论对什么具有必要性，提出"对什么有用"的问题似乎有些不合适。因为理论的产生通常不是出于需要性，而是出于可能性。不是因为必须或是应该，只是因为能够。在思想领域的创造好像是在效仿大自然，她就是做一切她可以做的事情，而并不是只做对什么有用的事。管子理论因此就创立了，很难从目的和用途的出发点就它进行讨论。

　　又有某条管子决定对纷繁复杂的管子世界进行有序

地整理，也就是规定管子的实质：什么是理想的管子，什么是管子的完美典范，等等，以便让所有的管子都有规可循。它决定要发掘出让管子成为管子，而不是非管子的东西。事情明摆着，引入规定就意味着减少，也就是抛弃那一切形成管子的偶然因素，只保留那些一旦或缺，管子就不能称为管子的本质因素。

在经过几十年艰辛的工作之后，终于得出结论：管子的实质是有孔洞。

这一发现具有伟大的意义，完成了管子世界的根本性转折。首先，允许管子意识到自己的本质，用法国管子的语言表达为：认清我们自己的本质。而我们自己的语言表达起来就显得没那么响亮（因此我更推荐法语的表达）。至今不是所有的管子都知道它们自己是管子。当然也有先知先觉者已经知道自己是管子。但还是缺乏能够达成广泛共识的管子理想、最终明确的管子标准，来让每条管子，甚至是最简单的管子能够立刻接受、吸收，进而理解自己是谁，是所谓的管子。至今，大多数管子还处于不知道自己是管子的无意识状态。现在这种无意识状态一旦结束就是一劳永逸的。而且，它们成为管子之后，就不再仅仅是管子了。从现在开始，管子开始自豪地称自己为"管子"，因为它们会知道，它们不仅是用这种或者那种材料做成的，疏导着这个或者那个，从今之后还将知道自己有着什么形状、重量和尺寸。现在每条管子都已经知道，它们有着更高层次的、非物质的概念，某种不可捕捉，但具有实质性的特征，该特征使它们不仅成为管子，而且把它们从个体性中拯救出来，所有管子的共性可以让任何一条管子识别出自己的同类，所有的管子一起形成了共有的特性——那就是都有孔洞。

在没有出现麻烦之前，管子界因为这件事一直充满着欢乐。

然而其他一些管子接受了那个孔洞学说提出者的思想，并从其管子理论停留的地方开始继续进行着推论。他们把理论发展到了下一个阶段，也就是不将孔洞性作为管子实质前提的结论。"如果像那个跨时代的管子所推断的——孔洞，这是所有情况下管子都具有的统一特征，那么所有的管子就是平等的，从孔洞的角度出发，没有哪条管子会比另一条管子更好。"

这第二个发现如同第一个那样，带来了巨大的轰动。因为它们发现这高于一切怀疑，在原则上，什么是最重要的呢，望远镜与胶皮管有什么区别，胶皮管与钢笔、钢笔与羊肠、羊肠与日光灯之间又有什么差别呢？理论没有经过实践证明就什么都不是，因此追随着真理的声音，用羊肠来给房屋和街道照明，给胶皮管灌上墨水,把望远镜(把镜头拧下来)装到水池中作排水管的一系列实验就开始了。同时,讨论还在继续,它们一旦尝试了一次智力思考,就不打算限制这种思考的运转了,也不想被落在大事件的后面。

"倒计的"等级分层[①],也就是倒转的等级阶梯应运而生。由于无可辩驳的论据——孔洞是最佳典范,那么越接近典范的管子就越好。附加构造和复合物越少的管子越高贵。管道是最接近完美的管子,因此它获得了高于其他管子的精神上的、美学上的、伦理上的和存在论上的优势地位。结构复杂的管子开始因自己的复合性而感到羞愧。经常能看到维特根斯坦大号和德罗普斯(用于核物理领域的一种科研相机,非常专业的设备)站在角落里,窘迫地解释说:"我们不是维特根斯坦和德罗普斯,我们是管道。"

然而管子们过于一致地追求接近完美的行为开始造成了一定的危险。如果像管道那样的孔洞就是完美管子的典范,那么在管道孔之间也开始了令人不安的分门别类。越短的管道越接近完美。有些管子干脆把自己剪断,使自己变短,这使管子们之间变得无差别。开始出现极短的管子,看起来更像戒指而不像管子了,质疑声

---

① 此处原文为法语。

也出现了,这还能算是管子吗?这个问题有着双重含义,这些最短的管子最接近孔洞本身,因此它们本该是最纯粹的管子,可实际它们根本就没有管子。这个悖论应该如何解决?

经过多番讨论最终确定,管子是孔洞加上入口和出口的统一体,要有一定长度的入口和出口。也就是的确要有孔洞,但要孔洞要有厚度。多厚呢?这是个关键问题。管子太短就有接近"短戒指"的危险,管子太长就没边儿了。在这两种情况下都无从知道,这样的管子是否有入口和出口。(如我们看到的,关注的焦点已经从孔洞转移开了,自此之后,孔洞不再是不容置疑的铁律,标准信条中不仅增加了关于孔粗细的问题,还有孔和厚度的适当性的问题)。管子应该多长呢?

回答是:管子不应该太长,也不应该太短,应该适中,也就是正合适。

因此,每条管子的长度都被测量了,将结果相加,就获得了一个总长度数值,再除以被测量的管子的数量,就获得了一个平均值。自此,每条管子都应该既不长于也不短于这个平均长度。

如果涉及到比平均值长的管子,一切还好说,只要截短就好。但是那些比平均值短的管子怎么办呢?尤其是那些曾经为了追求完美而自己切短的管子们,现在就处在了难堪的境地，它们现在不是太长，而是太短了。

最终的解决方案并没有走多远。因为很久以来就一直没有谁考虑过管子的用途问题，甚至可以说是遗忘了管子从根本上是服务于什么的。于是管子个体没有任何意义。管子们单独的存在不符合时代的要求，在不可避免的、合情合理的管子历史发展进程中成为了一种障碍。因此，这种存在状态已经到头了，必须将其结束。

最终，所有的管子改造了末端，相互连接，形成了一条奇大无比、贯穿全宇宙的管子。

皇帝的信使

我曾经是皇帝的信使。这个职位的重要性，要大大超出我最初的认知。当时，我还不知道帝国为何物。帝国很大吗？是的，一定是很大。那时还没有人会用时间之外的办法去测量空间，步行所消耗的时间就是测量空间的尺度。没有人具体知道，从帝国的一侧边界到另一侧应该步行多久。没有人这样漫游过，是因为没有这个需要，每个人都生活在自己的地方。没有人试图去用脚步来连接帝国的边缘，恐怕也没有人这样想过。也许只有皇帝或者某个大臣产生过这样的念头，但即使有，也只会停止在思想中转瞬即逝。而且，帝国的边界也不是很清晰，因为无法精确测算从某处到某处的距离。只有在帝国的中心首都才能体现出最高的精确性。离中心越远，这种精确性也就越弱，边陲就完全属于模糊地带了。而在首都和边陲之间的某个地方必定存在着一道精确与模糊的分界线，这是一道看不见的圆圈（圆心位于首都），但没有人去找过，也没有人找到过。

我们这群信使，曾经是唯一的漫游者。并不是因为心血来潮的奇思妙想，而是因为一个相同的原因——让农民还是农民，武士还是武士。心血来潮这种事在我们的帝国并没有被明文禁止，因为还不为人知。我们，信使们，是唯一在整个生命中见到过首都和不止一个省的人群，唯一知道向前走超过一天的距离意味着什么的人群。从中也就产生了我们的特性和这一特性的自然本性。就如同武士的特性是战斗，农民的特性是种地。

一类人和另一类从来不会混淆，甚至没有人会去想，各类人可以相互混杂在一起。我们总是径直从外省走向首都然后折返，我们的足迹是放射状的，从没有走过弧形或是弓形路线。从外省将消息带到首都，再从首都将政令送去外省。要是把消息从一个省送去另一个省就会很不正常，就像腿对胳膊说，它是脑袋一样。至于从外省送命令到首都，那根本就是无法想象的。

既然已经提到了腿，那么我要说，我们漫步根本就不用自己的腿。我们只有在当班时，也就是在驿所里，在我们不出门送信时才会用自己的腿走路。但那时我们也不是信使。只有当我们被授命传递消息或者命令时，我们才成为皇帝的信使。需要上传皇帝的消息和下达皇帝的命令，这两类都属于皇家的公务，要是像那些民间的东西一样接触地面是非常不恭的。所以当我们成为信使时,我们就不被允许使用自己的腿了,而是要驾乘交通工具。

在帝国时代,尽管我们已经会使用巨石建造大型建筑物,但是后世的历史学家们恐怕无法猜到,我们当时是怎么做到的——我们还没有发明轮子,当然也就没有各种车。而且,马出现在我们这里时,帝国已经不复存在了,马是入侵者从海那边带过来的。至于其它的牲畜,只能给我们提供肉食和皮革,我们既不会用它们来拉东西,也不会让它们驮重物。这两项工作靠的是人。

每当皇帝的信使需要送信时,就会得到一个可以骑的驮人。这个驮人会把信使驮起来送去首都。信使只能在驿站,也就是在不行动的时候才能从驮人身上下地,只要执行公务就必须被驮起,这是出于信使的尊严。只有停下来不行动时,下地才是被允许的,其他任何时候都不行。

有一次我接到一个指令,需要将一个非常重要的消息送去首都——在帝国的边境上出现了入侵者。而且,这些入侵者是我们前所未见的,他们有两层皮。一层是苍白的,接近于白色,十分柔软;第二层是钢铁的,可以抵抗一切锐器的攻击。不仅这些,他们还骑乘着体型庞大的动物(我们这里没有的动物,像我之前提到的那样)。敌人借助战火、烟雾和轰鸣声从远处展开攻击。

需要毫无延误地把这些紧急军情通知皇帝。

我骑上了我的驮人匆匆上路。我们这里没有平原，放眼望去尽是山丘峡谷，地势起伏不平。不管是上山还是下坡，驮人都走得很稳，能够平稳和持久地走路正是驮人的特性，正因如此，他们才会被指派这样的差事供信使驱策。我们之间并没有交谈，因为我带着的消息是皇帝的东西。他驮着的只有我，而且只驮着我的下半身，不会碰到我的脑袋，我的脑袋里可是密封着皇帝的东西。只有在驿站里我们才被允许交谈，但那时又没什么可聊的。被指定来运送信使的驮人通常是孔武有力而且耐力十足的，尽管在某些情况下说话是被允许的，但这既不属于他们所长，他们自己也不敢有此要求。

这次的差事与其他所有送信公务没什么区别，只是装在我脑袋里的消息要比以前送的更为紧急。然而，无论谁在群山和谷地间看到我，都不会看出与以往有什么不同，信使脑袋里装的东西是看不出来的。这就是身体的这个部位的神奇所在，从外面看没有任何变化，变化总产生在内部。所有人的脑袋从外面看都一样，可内部千差万别。

群山和谷地是那么广袤，我显得如此渺小，但不管是谁望过来，都会首先注意到我，而不是群山和谷地，因为它们静止，而我在运动中。它们的静衬托着我渺小的动。第三天，在从谷地向山腰攀爬时，我身下的驮人打了个趔趄，差点跪倒在地，我也差点被甩出去，但他直起身，又像之前一样走得四平八稳。又过了一会儿，他的步履开始有点蹒跚起来，起初微不可察，之后越走越沉重。到太阳下山时，我从他的背上下地，直到此时我才能问他发生了什么事。他的腿踩入了地上的空洞而扭伤，一片青肿。但他向我保证，只需一夜的休息就没事了，说话时他的眼中含着羞愧的泪。作为一个驮人，如果他的承载能力降低，那么他作为人的价值也就降低了，他自然会感到羞愧。

日出时分，我再次骑上他，开始了这一天的行程。到中午之前他还是健步如飞，尽管我能感觉到他是在硬撑。下午，有时他会慢下来，然后很快就提起速度。随着时间的推移，他慢下来的频率越来越高，加速的次数却越来越少。汗水湿透了他的后背，最终我听见他从咬着的牙缝中挤出的呻吟声。那天他驮着我没有走出多远。

又是一夜。我仰望着星空，开始用我的脑袋思考，这是种很奇怪的体验。通常信使是不思考的，我们只管行动，脑袋里装的东西必须保证在运送过程中自始至终不被触动。也就是说，从最初把东西放到脑袋里面开始，到最终原封不动地提取出来，这过程中不能掺杂信使自己的任何思想。这是通常情况，但所谓的通常情况是指没有突发事件的情况。

我想到，如果照现在这个速度行走，到达首都的时间会比通常要晚。就算我运送的是一般消息，都不该如此耽搁，何况现在的消息事关帝国生死存亡，我应该尽早地传递给皇帝。

然后我的脑袋里纠结了很久，因为唯一想到下一步应该做的事，就是不应该这样想。但没有别的出路了，我是这样想的：

如果我靠自己的腿走完余下的路程，肯定比骑在一个腿瘸的驮人身上要快得多，能更早将消息送达。当然没有任何一个信使这样做过，谁也没有这样做的权力，甚至连想都不该想，可问题是没有哪个信使送过这么重要的消息。

太阳再次升起，我丢下我的驮人自己上路了。他很沮丧，因为他不能再做驮人了，也就不能再成为任何其他类型的人了。尽管他承诺将坚持住迅速把我送到首都，但我没有理会他的请求和承诺，只要看一眼他比膝盖还粗肿的小腿，答案就不言而喻了。他呆坐在岩石下面，痛哭流涕。他的困扰对于我的麻烦来说算什么呢，而我的麻烦对于帝国的命运又算得了什么呢？

我日行夜宿，无惊无险地到达了首都。首都位于大湖中央的一个岛屿上。我站在湖岸边，眺望着它的全景，金字塔、宫殿和庙宇鳞次栉比。这是我第一次从我自己的高度，而不是从骑着驮人的高度望向宫阙，但没看出任何差别。

守城的卫兵不肯放我进去，尽管我声明自己是步行而来的皇帝信使。因为这句话，我被当作疯子带进了宫殿，在那里总算有人认出了我。我终于把消息带到了，当然也解释了为何我自己步行而来的原因。话一说完，我就被毫不迟疑地丢入地牢。

皇帝的大臣们召开了紧急会议。在帝国的历史上还没有一个信使传递过如此重要的信息，但运送的方式使我丧失了信使的身份，同时还使这个信息丧失了法律效力。因此大臣们需要解决的首要问题是，如何看待这样传递来的消息，是否应该加以重视。另外，我触犯了长久以来的法律，破坏了帝国的秩序，帝国就是依靠这些秩序来维持运转的。因此还不知道，给帝国安全带来最大威胁的是我本人，还是我所带来的消息中提到的入侵者。当然，为了回答这个问题，首先应该确定我带来的消息是否有效，大臣委员会暂时无法对此做出决断。

大臣委员会中年龄最老的一位建议道："不论我们是否把这个消息判做无效消息，这个信使（也就是我）无论如何也是危险的。因此，首要的事情是要为了帝国的利益和未来安全的考虑，惩罚这个信使，杀一儆百，避免日后再次发生类似的犯罪。"

他们在这个问题上达成了一致意见，批准立刻准备给我施加适当的刑罚。是否接受我带来的消息又成为接下来要讨论的问题。接受，就意味着要把我看作是信使，但信使的身份又已经失效。如果不接受，就是对安全的忽视。经过漫长的争论，他们最终决定还是把消息作为有效消息予以接受，尽管是以犯罪的形式传送来的。接受了非法传送来的消息，大臣委员会就参与了非法行动，同样是有罪的，但他们的犯罪情节要比我轻微。我是主犯，该受到主要的惩罚——酷刑致死。委员会应受到较轻的惩罚。于是他们决定，委员会接受这个消息，然后全体成员马上自领鞭刑。

委员会的成员们受完鞭刑后，会议重新开始。惩罚洗清了罪过，罪犯又变成了无罪者。然而他们能否心安理得吗，假如允许他们这些带着污点的人参与这件事的讨论，对事情本身是不利的。也就是说，他们并不适合回答：我们该拿这个被接受的消息怎么办？

皇帝本人的皇权是帝国的力量。我们的确拥有武士，但武士不是皇帝力量的来源，而恰恰相反，皇帝的力量才是武士力量的来源。我们的武士因英勇而驰名，但他们之所以英勇是因为上帝的创造物——皇帝赋予他们的神力。上帝的创造物是帝国一切能量和万事发生的力量来源，一切都由它而来，又向它而去。来自皇帝，走向皇帝——这就是存在的意义，这也是其他时代和其他民族的哲学家们苦苦寻觅而不得的。

只有皇帝可以派遣武士们去迎战入侵者，但首先必须要让他知道关于入侵者的消息。这个消息被大臣委员会接受，他们也为此受了鞭刑的惩罚，但是不是可以把它转达给皇帝呢？委员会因我而负罪，辜负了皇恩。皇帝是否可以接受这个不名誉的消息？转告给皇帝这个不再圣洁的消息是否会玷污他的神圣，因此是否会触犯帝国自身的原则？来自帝国外部的威胁和从内部破坏帝国的原则比起来，哪个更危险？

委员会最老的大臣说道："我们假设，我们做出亵渎神圣的事，把这个不圣洁的消息转告了陛下，陛下派军队迎战入侵者，此时亵渎神圣的事将成为定局。那个关于入侵者的消息怎么说来着？说他们出现在边境上。这并不意味着，他们胆敢入侵首都。对我们强大帝国的畏惧会阻止他们的脚步，帝国的强大是来自于皇帝的神圣。如果我们自己亵渎了这份神圣，我们就削弱了帝国的威风，助长了入侵者的气焰。如果连我们自己都不尊重皇帝，我们自己在亵渎神圣的事情上做出了让步，我们又怎么能期待，入侵者会畏惧而退呢。这不是我们自己给他们指明了道路吗？"

"保卫国家最好的方式就是不亵渎圣洁。"最老的大臣总结道。他的声音就是全体人民的声音，整个委员会的声音，也是最终的决定。

最后，此时此刻，你们一定觉得奇怪，我既然被判处了死刑，又怎能写这篇小说呢。最后的解释也就是这篇小说的结尾。某天夜里，尽管我当时并不知道是夜里，地牢里暗无天日、难分昼夜，有人把我从监牢里放了出来。入侵者摧毁了监狱，这并不是出于对我的照顾，他们甚至不知道我是谁。他们摧毁了岛上的一切建筑，摧毁了整个首都，当然也没有放过监狱。尽管是晚上，我还是被强光晃得睁不开眼，确切地说是遮天的火光，整个首都陷入了熊熊火海，入侵者的铠甲被火光映得血红。

我在近乎于失明的状态下被推向由劫后余生的首都民众组成的人群，他们经历了第一次大屠杀幸存下来，现在两人一组被绳子捆住，在驱赶之下前往中心广场等待接受命运的裁决。我和离我最近的一个人被捆在了一起，之后沿着堤坝走向被奴役的命运，留在人群身后的是一片光芒灿烂的火海。直到此时，我才多少适应了光亮的强度。转身看向火海时，我看到——和我捆绑成一对的难友，是皇帝陛下。

两封信

第一封

尊敬的先生：

　　尽管时间已经将我们分开了很久，但我希望，我们并没有变得对彼此漠不关心。这对我很重要。如果您正不安地开启这封信笺，我向您保证，我给您写信的意思绝不是您所期望的那样，也不是或许您一直担心的那样。

　　而且，就算是我想那样做，在此之前您大概已经担忧了很久——但上帝对我是这么仁慈，这并不是无辜者的恐惧（不，不，我不经意地插入这句话，请您相信，我没有隐藏我的愤恨之意）——此时，还在您打开信封之前，您从最初的恐惧、这么多年之后的第一次恐惧中平静下来之后——假如，不管怎样，您这些年来一直感到很安全的话——您自己应该清楚，事情是有法律时效的，假如我能够把您带给我的这一切经历保留至今的话，那么那些收集相应的证人、提起诉讼和立案的困难也依然存在……所有的这些困难的确都是无法克服的（我提及这些，是为了让您保留那么一点悬念）。

如果您能联想到我更希望从您个人那里要求精神赔偿，胜于呼吁社会公正的话，您就离真实情况更近一步了。

我们试想一下，您会期待什么呢。我不怀疑，读到我后面所写的内容，您不仅再现了我的回忆，也重建了自己的。我们来一起回忆一下我们生命中的某个时期所经历的某些事件吧。我知道您真正的面目，您到我家来是什么性质。我甚至知道，您为了勾引我妻子都用了哪些手段。假设我妻子只是被您的个人魅力所吸引的话！（尽管我很奇怪，真的，她从您那颗脑袋里能看到什么，当时已经都秃了的脑袋。更别说那口牙了，不仅是修补过的，还能看出是经过廉价牙医之手搞得更糟的一口烂牙——这令我的理解力在您面前变得完全无能为力。还有您喝汤时喷喷作响的习惯，我希望您至今还没有改掉这个习惯，尽管我以最好的意愿去想您，也实在无法接受用"有魅力的"这个词来形容您的外表和举止)。但是敲榨、勒索？请原谅，这完全不应该列入男人们应该对女人施加作用的手段中。如果当时我早知道如此，在最初，当您来到我家时，在这一切发生之前，我就会把您当作花园里的侏儒安置在花园里。那时我也就会理解为，我妻子被某种想象所折服。如果我往您口中塞进一支羽毛，您就会令人联想到某种浪漫的东西。您是否理解我？如果您能意识到，我是个被戴了绿帽子的人，您就能更容易地理解我了。但是能吗？上帝呀，女人们拥有怎样的天才想象呀，能够将像您这样一位平庸、单调的人用各种想象粉饰一番并欣然接受。她们是多么自立呀，如果她们只是需要一片空地，甚至是某块木板，可以在它上面自由地描绘自己非凡想象的话。以至于我们应该诧异，为何世上的男诗人会比女诗人多。现在，当您已经确切地知道什么都没有逃过我的注意时，您一定对继续读这封信更加感到迟疑了。

假如只是谈论引诱这件事，那我们就是停留在一个如此复杂的概念范畴里，我们就是在与一件如此微妙的、易碎的、神秘的和从某种意义上来说形而上学的事情在打交道，明确而强烈的谴责和控诉在法律范畴内却是无法实现的。(您自己当时是否考虑过羽毛？我不信您会，这超出了您的可能性)。不管我个人的经历感受如何，这件事的轮廓已经被抹去了。它完全被描绘成另一幅样子，要简单得多的样子，在法庭上被陈述为您在我家进行的一定数额的现金盗窃事件（金额我没有列出来，尽管我可以这样做的，以免把自我暴露在过于琐碎的指责中，单单这个金额的数值就会把我从这个指责中解脱出来）。尽管，很遗憾，曾存在过某种场景，它将您的行为界定为更高级别的犯罪，而不应该称之为"盗窃"。这场景是您在打了我之后，才完成了将现金据为己有的行为，这更应该定义为抢劫而不是盗窃。尽管这一切，我还在犹豫是否应该将您的行为视为抢劫这样级别的高贵行为，这只是因为，您的攻击是那么突然，完全剥夺了我自卫的机会。这更应是胁迫。

然而我还是可以理解您在勾引我妻子之事上所抱有的动机（因为，如果连像您这样的野兽都对我妻子的魅力不敏感的话，这意味着在发展的阶梯上站得比您高得多的矿石都无疑是多么疯狂地爱上了她），同样对您偷钱这事的动机我也可以理解（看出您在此事上所流露出的动机对我来说没有任何难度），然而对于您接下来所做出的行为，严重干扰我生活的举动——上帝作证，尽管我努力尽量客观，还是无法找到任何理由。是什么致使您如此无脑，在我们提供给您使用的客厅里睡着时，竟然没有掐灭正在抽的烟？难道我吝啬地没给您提供烟灰缸吗？难道您就不能戒掉在床上抽烟的恶习，即使出于健康考虑？多么懒惰，这是不可饶恕的惰性，不把烟及时熄灭，还把它扔在易燃的地毯上！噢，不，当然没有扔在床单上。要是那样就有机会先把您烧掉，然后才是整座房子。鬼知道，当时我们要是先权衡过所有的利弊，我本人就不会劝说您抽最后一支烟愉快地度过入夜前的时光。那一切就会是另一副样子了。您还来得及穿上衣服，从窗户钻出去，而我的家变成了一堆烧焦的瓦砾。即使如此，您还可以马上入睡，真是令人嫉妒呀！您拥有怎样的神经呀，或者干脆就没有神经。自然，当时不是您承受着失眠的痛苦。您没有理由失眠。

因此，难道我对您拿到这封信时会心中不安的假设是不正确的，是没有依据的？而现在，当您已经得知，我没打算将您告上法庭，您松了一口气吧？但您又再次陷入新的痛苦中，因为您还是不知道，我会要求怎样的赔偿。我不会起诉，但我不起诉的同时——您已经在我手上了。提前告知您,您需要接受我的条件。

我承认,我现在有些窘迫。在我进入正题之前,我想让您有所准备。我已经预见到您会充满惊讶,如果我无法完全阻止它的话,我可以先缓解它。这真的很令人遗憾,我会被担忧搞得如此局促,别人一定会这样想我。局促到,面对您——我要强调一下:面对您——我多么希望,您能猜想到我的意图,哪怕是很接近它们。

您是否记得,太阳西下时是什么样的,黄昏时分又什么样?(请您别要求,我还会问:夜晚会怎样?)当时,很多年前。您会说:"那怎样,现在它们没有了吗?"您说得很有道理。因为从大自然的视角来看,今天的落日与以前的没有任何差别。但从总体上说,落日是否有其他意义?如果排除从肤浅的感伤主义和虚有其表的美学惯例考虑的话?(噢,这是我在提问,而不是您。)我们两人都是排除在美学之外的,我——自夸一下——因为我站得比您高;您,因为您站得较低,甚至处于文明的低级形式。因此,我为什么要提夕阳西下呢?原因在于我们。(求您,请您不要拒绝我用"我们"这个词,尽管这是个谎言,尽管您自己并看不出来——当时，许久之前的某个夏日的下午八点与今日的此时有何差别。为何说服您相信，对我来说有这么重要。）显然当时我们拥有更多的生活，比我们能够容纳的还要多，多到甚至足够把它给予如此广阔、空旷背景下的自然现象——给予这个夜晚的天文变化过程。

现在您要问，"更多的生活"确切地指什么呢。您就不要指望得到透彻的回答了。但我可以跟您保证，当时的生活还是有很多内容的。用什么方式人可以确信，是有的，是存在的呢？您一定知道在丧失了感觉的情况下如何重获现实感的常见手段。人通常会掐一掐自己的手或者脸，或者其他有知觉的，容易触到的地方。疼？这正是要的效果，疼。正是疼痛让哪怕是深夜被在走廊里闲逛的幽灵吓坏的头脑简单的厨娘，都会加剧自己的存在感，更不要说那些具有发达思维的个体，他们在面对具有攻击性的虚幻、无法精确描述和无足轻重的存在时，会用疼痛有效地控制自己。

先生，当年由于您，我受了怎样的折磨呀！这简直太棒了！这后来我妻子一定又背叛我很多次。但她后来的伙伴们，我无法忽视他们身上的某些优点，不管是肉体的，还是思想的。您曾是如此不凡的人，完全就是个零，正如零一样，在换算时什么意义都没有——您在数学中所具有的意义与对我的经历中所具有的一样。您就是个赤裸裸的恐怖，多亏了您我碰到了不可理解但又真实存在的东西，碰到了本不该发生，却又真实发生了的事情。请问您，这难道不正是生活的定义吗？

因为，先生，我曾提到胁迫。您清楚地知道，我也知道，这不是真的。根本没有来自于您的任何胁迫。这是我自己想象出来的，因为我缺乏勇气，来接受像这个事件这样具体的东西。甚至现在，在过去了这么多年之后，甚至还在一刻钟之前，我还想自我安慰，欺骗自己。我当然知道，您并没有胁迫她。她对您充满了赞叹，当您喷喷地喝汤时，而我……甚至现在，当我写这些的时候……噢不，我在撒谎。我最初撒谎，是为了少些难受。而今天我再次撒谎，因为当我不再撒谎，就刚刚，我发现，我已经根本不觉得痛了。但是对此，恰恰对此我不想承认，不想承认最后的失败。那又如何，难道这一切什么都没有留下？只不过是一场空？在一刻钟前我还在撒谎，得益于第一个辅助性的关于胁迫的谎言，声称我感觉到些什么，但我发现的真相是，今天这一切都已经与我无关了。

因为，先生，我的生活已经很少。已经比我本身都少。甚至已经都不够填满我自己，也就不必说去给予整个延伸的天空了。生活还在我这里徘徊着，就如干瘪的豆子在空荡荡的袋子里飞着。当我在日常琐碎的生活中淡忘了这事时，还好过些，但是今日我很难面对面地直视那不幸的落日，我以前曾将它充满感谢地看作是——请允许，我用一个法语词——容纳我丰富生活的"容器"①。这有点像上了年纪的马戏团大力士对那些沉重道具的躲避，因为他曾经轻而易举地在掌声中、在舞台上举起过它们，而如今他已经力不从心了。

您现在看到，我有权写出"我们"，当我回忆过去时，尽管您那时跟现在都一样对待这个世界（对此我毫不质疑），就像羊看着草地一样。您由于我的原因，以某种方式存在着，就和我于您一样，这也是宇宙统一性的一个例证。您要知道，我为何担心，您别拒绝我的这一权利。当您知道了我想向您要求什么之后，您会更清楚地明白。

朋友，回来吧！如果你的灵魂中还残留着一点良心的话，我为您指条路，您可以赎罪。如果我的

---

① 原文为法语。

请求没有触动您的话，如果利益没能诱惑您，那起码有点对我的负罪感吧，这些能驱使您回归吧。我的现在时已经如此脆弱，已经甚至无法变化成过去时。也许得益于您我将能拥有些什么来改造自己，还有夜晚的一块天空。因为巨大的快乐没准可以让我复活，而相似的痛苦，已经没什么可指望了。不是因为，我没有寻找过它们，也甚至不是因为，我没有找到它们。而是因为，它们不曾，现在也不是，永远也不会那么强烈。是否面对这些还有强烈的难过？不管怎么样，我认为，它们还是最可以依赖的，尽管有时对此的怀疑会咬噬我。我把这些真诚地暴露给您，然而我并不想要太多的真诚。除此之外，您这个杂种，我希望，您能比时间更强大，您的罪恶能够战胜时间的流逝。

因此，回来吧。我们回忆一下过去的时光吧。妻子总是容光焕发，重建的家园，上帝的荣耀，小雪茄也还在。

第二封信

尊敬的先生！

我的这封信首先想说的是，我已经不抽烟了。

我的妻子不许我抽,我的肺也灌满了。要是说到前去你们那里的事,办公室不给我假期,因为我已经休过假了,好像是病假,但医生并不认可,因为总体上我是健康的,健康正是我要祝愿你们的,妻子也不让我一个人出门,最多是我们两个人出去过个节,但也都是很短的时间。

由此我想请您帮我解决一份其他的工作,因为我处于困境中,房子还要还贷,如果您有什么合适我的职位,还请调我过去。

如果您没有职位给我,那给孩子些旧的木偶玩具也行,或者您把不穿的大衣给我。你们有孩子吗?我有一对儿女,孩子们是安慰,男孩完全遗传了我的基因。

或者给点小钱也行啊。对于您所写的,我向您道歉,我可以撤回一切,请不要去法院应诉,如果您已经去了,我姐夫就在警察局。

为何要把这样的事写出来呢?我在上帝面前感到羞耻,您是受过良好教育的人,您自己都知道,青年时代已经过去了。已经不是那个年龄了,先生,已经不是那个年龄了。不需要再行罪恶了。

再次请求恩慈,并向您夫妇致以敬意。

通信在此中断。

在磨坊，在磨坊，我的好主人

我曾是磨坊老板的雇工，他承租了一座水磨坊。磨坊的主人投身军政，身在远方，对自己的磨坊不怎么上心。据说，他已经功成名就。

说起"雇工"一词给人的感觉，我似乎已经不那么年轻了。当然，我刚接手水磨坊时，还是个充满力量的年轻人。随着岁月的流逝，我的力量日渐消磨，青春也已不再。有一点我知道，时光荏苒，我看起来一定苍老了许多。因为以前人们提到我时总会说那个年轻人如何如何，而现在已经没人这样说了。提到年纪，为了强调，我会说我此生阅人无数。通常来说，也不能对人们看到你时所思考的事情避而不谈。比如我碰到一位同龄的战友——"谢顶了？"他问道。"谢顶了。"我回答。我们相视而笑。而彼此又为这个笑而忍俊不禁，或许又为什么其他原因而再次捧腹大笑。但这最后的笑容背后意味着什么呢？如果从风俗和礼貌的角度讲，我反而觉得不应该谈论这些。秃头就是秃头，难道很有趣吗？

木制的磨坊位于小溪边的山坡上，看起来乌漆麻黑的……

溪谷里灌木和乔木丛生，因为常年难见阳光，也同样显得黑黝黝。而山坡上向阳一面的植被则呈现出一派明亮而鲜嫩的绿。冬天里，小溪和灌木丛都被染成白色，与白色的山坡浑然一体。只有磨坊还是黑漆漆的，在反差之下黑得更为深沉。夜晚，最黑的是天空——如果在冬天——那就还有磨坊。而夏夜里，呈现出黑色的就是小溪和磨坊，天空则一片明亮。当我眯起眼睛去追忆逝去的年月，眼前所浮现的只有这黑与白、明与暗的交织，不停地变换。我设想，一个还不懂描述轮廓的孩子被带到电影院后，一定会有与我相似的感受。一切就这样在眼前闪烁而过。

我只记得夏天有风。也许是因为冬天没有树叶，风漫不经心地从树枝编织成的疏网中掠过，不会为其驻足片刻。夏天，尤其是在阳光明媚的日子里，风在树叶的罅隙间嬉戏，那些叶身比脊背更显油亮的叶子随之起舞，斑驳的乔木和灌木丛闪烁着粼粼波光，一如艳阳下泛起穀纹的水面。且不说经年的乔木挺拔傲立，那些稠密的幼生果树却可以柔软地随风俯下腰身，起伏摇曳。但奇怪的是，傍晚时分，当一切归于寂静，它们又笔直地舒展起来，屹立于天地之间。夕阳下，绵长的绿色浪涛汹涌地拍打着山坡，就像晾晒在花园里的床单一样随风卷舒，再次展现出明暗交织的画面。

我回忆起这些日子，有时一想就是几个星期，我不明白，为何在这看似杂乱无章的整个事件中，我们没有游向某个远方，我们没有被甩向某个岸边，像获救的溺水者那样，不管怎么样都可以置身事外了。

磨坊老板睡了。他没睡的时候，比如吃饭时，眼睛总是矇眬地盯着前面，既不看盘子，也不看我们的脸，甚至也不看墙。没人知道，他醒着和睡着有什么区别。他没有喜爱的床，他会在你无法想象的地方入睡。走出门来到花园时，一不小心就可能踩到躺在潮湿的草地上睡着的老板。有时还会看到，更确切地说是闻到他躺在黑暗的阁楼上，浑身散发着一股发酵的味道，也不知发酵的是干草还是麦秆，甚至是尘土。不知道他是随便在哪里躺下就能睡着，还是最初睡床后来才变成这样的。磨坊老板的躯体、农庄和周围的一切似乎被某种规则驱动着在苍穹下发生着位移。有时他懂得该怎么睡，当白天很炎热时，他会睡在阴凉里；天凉时，他知道睡在暖和的地方。但有时正好相反，树荫早就移向了东方，绝望地拉长着身子，努力去触及或拥抱什么，下午的影子渴望朝夜晚的方向生长，而夜晚的到来最终摧毁了影子的努力，磨坊老板却面朝西方侧卧着，被夕阳直射眼睑而不自知。

他对磨坊疏于管理。即使是以前他还站在柜台后面,从农民手上接受粮食时,也只是似乎有着某些计划和意愿,或仅仅是做计划的意愿和打算而已。对他来说,那些从磨里洒落下来的面粉,并不是完全真实的,尽管它是做面包的原料,是人们赖以生存的东西。磨坊老板对面粉的态度无法隐藏很久,人们从中嗅出了不真实性,就像马闻到了狼的气味那样敬而远之,开始去别的地方磨自己的粮食。这对我们也算不上什么损失。磨坊旁的那块田地尽管不大,也足够维持我们的需要了。磨坊的主人并没有催缴租金,一切都回到了尽量和谐的状态,人们去别处磨粮食,我们的磨坊自给自足。

那些磨坊才算得上是真正的磨坊,它们甚至在夜晚都不停地研磨谷物,发出震动。这样的景观令人心旷神怡。磨坊的光圈投射在周围一片黑暗中,犬吠声也无法将这一切拼凑成一个合理的整体,只能凸显出降临在越来越深远的空间和时间上的黑暗,我们的磨坊静静地航行在这无边黑暗中。那些磨坊的水车轮一圈圈转动,传输着动力,舞出了一曲美妙的华尔兹,这与我们磨坊的转轮在起风时的无序转动形成了鲜明的反差。

在十月里的寒冷夜晚,农民们就如朝圣般来到这样的磨坊。吱吱嘎嘎的小车从四面八方络绎不绝地汇聚到磨坊周围。他们在拥挤的院子里等待研磨面粉，三五成群地喝着伏特加，愉快地闲聊。在这样特殊的夜晚，相聚的温情、磨出的面粉加上酒精的作用，令他们兴奋异常。内部有序、高效、持续和安全的运作获得了人们充分的信任，使磨坊经营得如火如荼。

至于我们磨坊的老板娘，这就是另一个故事了。我曾是这偏僻角落唯一的男性，当然是除了她的丈夫之外的唯一男性。尽管我们并没有想，可能我们没有想，不，我保证，我们并没想——我是男人她是女人这个事实。有时，我承认，这引发了我的反抗，因为我觉得这束缚了我的自由。并不是为了我们之间的关系能够像军队的战友之间那样单纯，但我自己也不知道，怎么做才更好，怎么样会更糟。是应该像亲密无间的战友那样在周六举杯狂饮，畅所欲言，还是应该像在军队中保守军事机密那样一概无可奉告。应该如何还是不该如何都无所谓了，因为我们已经这样做了，我们如此约定，就像我们没有约定一样。

也就是说我已经不记得，第一次发生在什么时候了。有时，我从来无法预测什么时候会发生……这样的事中的某一次，或是说某次这种事的某一时刻，这些事——我想说——持续了几年的时间，即使不是这样，几年在这里也毫无意义，事件在时间之外独立地存在着，因此我甚至无法说出其中的某一时刻，因为这样的时刻也不存在。

　　她和我站在敞开的窗户边，我们在那里不期而遇。窗口大敞，朝着关闭的水闸和水车方向。巨大的圆形磨坊水车停滞不动，有些歪斜。潺潺的溪水在窗外下方厚重的阴影中流淌着。一阵凉意从溪谷中袭来，毫无征兆。此时，我们手拉手，并肩站了一会儿，彼此没有看向对方。我甚至不能确定，她是否知道我就站在她旁边。她的手粗糙、沉重、冰凉。我不仅当时没看，在此之前和之后也没有看过，因此我甚至不知道她的手长什么样。我知道，这就是手，除了手还能是什么呢。当时我知道的也只有这些，我陷入茫然，此情此景，我犹如魂游身外在旁观，又能有什么其他认知呢？我不会说这给我带来了愉悦，这里不涉及愉悦，我不会说，这是我所追寻的。有那么一刻，如果可以再次提到时刻，我处于非自我的状态中，因为我就不在状态，魂不守舍。"我处于"也并不是一个恰当的表达。因此是什么呢？迷失？也不是。直到某一刻我才能够回过神来——当时已经——我找到——我已经找到——我自己单独的手。我如释重负！我充满温柔和爱怜地偷偷看着我的手。她，磨坊老板娘已经走开了，这里已经没有她了。要知道我们只是偶然在窗前相遇，这样更好，可以显得漫不经心。我甚至可以无需避开她的眼睛，无需在不安中猜测她眼神的含义。当我后来看到她的眼睛时，目光中空洞无物——我的目光也会如此吗？我的意思是说，当然，目光里该有的都有，但唯独没有与那事相关的内容。我的目光显然也是空洞的，因为没有任何内容经由她的眼睛反射回来。磨坊老板、老板娘还有我都可以安心睡觉了。所发生的一切，如果真的曾经发生了什么，也是在别处发生的，而且这个女人也不存在。

那么，我的战友，让我们再喝一杯，明天是周日，我们可以晚起。温暖的臭气在这个小酒馆中凝滞不散，像罗得的妻子那样，她被石化是因为伏特加，而不是由于惊讶。但我们并不嫌弃这股气味，哦不，我们觉得现在这样很令人愉悦。我跟你敞开心扉。我告诉你吧，我在梯子上把她怎么样了，这意味着她正好想登上梯子——别人一定会这样想，你知道，我的兄弟，就像——在磨坊的草棚里。怎么才能从后面悄悄接近罗得的妻子，因为她在看着火。因为她后来也没有变成盐柱，只是假装而已，因为你知道，我的兄弟，我知道，我们知道。在生活中，在阁楼，在地窖……

磨坊老板娘已经不再年轻，她承担着繁重的劳动，又受孩子们拖累，这里有很多孩子。

磨坊老板只会拿睡觉来吓人，他四处乱睡，通常在哪儿一躺就一动不动。我总是避无可避地碰到他，他从来没有碰到过我。再说，他一躺下就老实了，我们一旦找到他的位置之后，就知道他在哪里了。老板娘的行动轨迹则被她的义务所严格约束。经营厨房、照料牲畜、打理花园，样样需要她兼顾。她就是这样精准地运转着，就像很久前被天文学家所描绘的行星一般。唯有对付孩子的工作完全不同。孩子们会在无法预料的地方突然蹦出来，瞻之在前，忽焉在后。他们既有自己的藏身秘处，也有公开玩耍的地方，他们有时公然地表现出厚颜无耻，有时则会莫名其妙地礼貌乖巧。当他们消失不见时，一切又会变得扑朔迷离。他们折腾过的每个角落都会一片狼藉，无法用言语描述。他们就像一群八哥一样，有时表现出非常高的一致性，出于不明的原因突然一起在一棵树上落下，有时分散开来，有的出现在山顶，有的叉着腿坐在椽子上，或是蹲在院子中间的某个树枝上。他们用难以理解的幼稚和孤独进行着破坏性的集体行动。有时他们会像疯子一样狂喊乱叫，在房子和院子间疯跑，甚至还没有从眼前消失，又突然静了下来。到今天我也不知道，他们到底有多少人，尽管从算术的角度数清楚并不难。

我怀疑他们有着某种说不清道不明的劣根性，就像所有自由生长的农村孩子一样。然而我又为自己有这样的怀疑感到羞愧，谁知道，这些怀疑难道不是来自我这个成人的劣根性呢。出于劣根性，甚至当我与他们一起坐在桌旁时，我会满怀嫉妒地、满腹狐疑地偷瞥孩子们，猜忌他们的自由——对于困苦来说——猜忌他们的天真无邪。

他们的眼睛大多是黑色的，目光犀利如同带着尖刺。

有一次我坐在小溪边，看着转动的轮子。磨在不停旋转，喘息着，在咯吱咯吱的声响中，把家中的谷物磨成我们需要的面粉。轮子被从水闸倾泻而下的水流驱动，咔哒咔哒地转个不停。突然，水源枯竭，水流变细，丧失了驱动力的轮子停了下来。我走近水闸看去，那里的水位在上涨，水流裹挟着泥土打着漩。一定有什么东西阻挡了水流的释放。我伸手过去，碰到了一团绵软的物体，指尖传来金属的触感。我把它拉起来。这东西随手而断，在水面上露出了头，展露在眼前的是一颗金色的星星，在小溪后的斜阳映照下熠熠生辉，一道闪光从它上面掠过，是孩子们在阳光下玩镜子游戏映出的反射光。闪光飞到了河的对岸，我目不转睛地跟随着光斑，看到了一只麝鼠，它正认真地盯着我看。为防万一，我伸出拳头向它威胁了一下，又去拉拽堵塞水闸的物体。在它浮出水面之前，拖拽起来还算轻松。紧接着，水面浮现出一张英俊的、留着短髭的中年男人的脸庞。他的衣服色泽深暗，并不反光，因此我觉得，从水底捞出的只是一张脸。麝鼠逃跑了。

我捞出溺水者之后，将他的背靠着墙上。他垂着头，胳膊无力地耷拉在两侧，面色安详，就像他走进水里，只是为了洗个澡而已。他的脸上甚至还挂着笑意，对自己的笑。水顺着胡子不停滴落在地上。只有我注意到了这一点，他自己并没有察觉。他的胸上系着掉了星星的肩带。

我认识这张脸，我刚才在水里认识的。我想说的是——我认识这张脸，当它贴近水面时，在它暴露在空气中之前，在如镜的水面破碎之前认识的。而现在，它从水中探出来，水平面就消失了，那个难以界定厚薄的水平面，被分离开来，它也必须以某种方式被分离出来，把水与空气分开——他的确是我所熟悉的，但来自另一个世界。

他是磨坊的主人。谁能不认识他呢，我们的后台老板！因此，人们说的是真的，他变成了一个大人物，一位统帅，甚至更厉害的人。那个金色的星星，那慈父般的、高深莫测的微笑说明了一切……星星还可以自己钉上，但那一抹微笑是从秘密和权力的深处流淌出来的，毋庸置疑。以前他可以对我这个雇工颐指气使，一报还一报，现在却任我摆布。我将他的背靠在墙上，但为什么不把他平放在地上呢？或者我抓着他的腿把他吊起来？当他想对我做什么时，我可以同意或者反对。现在我对他做什么事他都没有任何意见，也无法反对。

与此同时，从疏通了的水闸倾泻而出的水流重新驱动起轮子，磨坊恢复了运转。磨坊老板的身影出现在窗前，他打着哈欠，看向河的对岸。我大声喊他，试图盖住流水与磨坊的嘈杂声。我不知道他是怎样回答的，在水声和吱扭声中我什么也听不到……好像也只是一个词。他从窗口消失了，我在尸体旁等他来，他一定会马上过来，建议我该怎么办。

我等了很久，磨坊老板也没有来。我很生气，毕竟是他承租了磨坊，他应该决定如何处置磨坊主的尸体。这件事关系到我们的整个未来。我把溺水者拖到太阳下，让他晒干些，还帮他梳理了一下胡子，然后我跑去找磨坊老板。不管是在磨坊还是在轮子周围都没有人影，那么他一定是躲到河边的灌木丛里了。我走入灌木丛，拨开杂草，为了看清楚他去了哪个方向，但是密密麻麻的杂草层层叠叠地生长，就像水在水中被水覆盖着一样。既然视线受阻，看就不如听。我悄悄地行进，希望在通常的溪流簌簌声和树林的沙沙声中区别出明显的其他异响，例如脚踩草地和树枝倾倒的声响。但是很明显，他也在悄悄地行进，我什么声响都听不到。我知道，我没法一直等他，他可以在这里睡着，一睡就是一整夜，都不会挪地方。因此我继续前行，盲目地乱走，直到最终遇到了他。他没有逃跑，甚至也没像往常那样躺着，他就站在我对面，手里握着一根粗棍子，面目狰狞地看着我，我转身走开了。我明白，别想从他那里得到任何答案，甚至也无法向他提出任何问题。

因此我必须问自己：我该拿尸体怎么办？报警？可以。但到时就会有验尸、听证会、诉讼……也许他的继承人就会来了，到时不仅会开始索要磨坊的租金，还会要求偿还这些年拖欠的租金。如果我们不付清，他们会收回磨坊，把我们赶走。即使我们付清，他们还是会把我们赶走以示惩罚，或者把磨坊租给其他人经营。再有就是，我们拿什么支付租金？我到时该去哪里呢？我在这里过得很好，生活安逸而平静。如果找不到尸体的话，还需要过很多年才能从法律上认定我们的磨坊主人已死亡。因此偷偷把他的尸体藏起来，恐怕是最好的出路了。

藏尸，技术上是很简单的。拿把铲子，挖个坑埋了就行。但是有什么在阻碍着我。并不是因为面对法官和继承人而良心不安。法庭总是会有案子要判，继承人也能自食其力，他们是未来的一代，现在不需要管他们。

因此是什么呢？也许是关乎真相，如果将事情交给法庭，也许可以搞清楚他是从哪里漂来的，在河的上游都发生了什么，一切将大白于天下。当然，这样我就会丢掉饭碗，丧失这温暖的角落、安全的庇护所。而这个真相，谁会需要知道呢？谁又能保证就一定可以发现真相呢？我这样说服着自己。对他们来说，知道他死了就足够了，对我来说，他已经不在了，终极的真相并不是必须知道的。你们看看他吧，他独自卧在岸上，坚定不移地脸冲下俯卧着，他自己都给所有人指示出若干年后应该去的方向。

然而这个决定让我对自己感到失望。也许事情应该是另一个样子，不是如此显而易见，如此简单明了，甚至不是从真相的角度考虑，而是其他什么方面——是否还有什么比真相更重要的东西……但是我甚至不能确切地了解到，我在意的到底是什么。

我一直等到太阳下山，才把磨坊主人背了起来。他很重。我这样扛着他，有种异样的感觉。现在我目光所及之处的人们已经坐在了餐桌旁，把孩子们从院子里叫回来，解开了马甲上的纽扣，而我独自扛着他，穿过黑乎乎的、已经起了夜雾的草地。

让我感到意外和不合时宜的是他的胡子，刺得我脖子发痒，我甚至痒得笑了出来，这同样也是意外和不合时宜的。

在这个夜里,我偷偷地把他埋在了山顶上。我带了一盏小灯笼,把它放在了身后,以便挖坑的时候能看得更清楚。有什么是人挖不到的呢,在这样的深夜挖掘,灯光只能照亮越来越深的坟坑四周。我在和卵石、土块、需要砍断的树根奋战,如果可以心无旁骛的话,那里还可以欣赏到多姿的风景,因此我想到,掘墓人的工作也可以等同于旅游,关键是从什么角度看。

这是我的第一具尸体。

他留给我的只有那颗金色的星星。当我发现它还在我的口袋里时,为时已晚。一定是由珍贵的黄金铸造的,它并没有被水泡坏,也没有生锈,但我不知道该如何处理它。有一段时间,我随身带着它,后来又试着把它作为还愿物捐给教堂,以求灵魂的平静。"谁的?"教区神父问道,满腹狐疑地用手指转动着这颗星星。我什么也不敢说,因此神父拒绝接收。当我经过田野返回时,遇到了暴风雨。我猛然想起,雷电最容易击中金属物体,因此我将它扔到离自己尽量远的地方,等待着雷劈,但雷电也拒绝了。暴风雨过去后,我又捡起星星回了家。我现在刮胡子时把它当镜子照,每天都在上面打量自己,这个生活化的行为大大削弱了它的尊贵和价值。如果有什么事无法解决,那最好就习惯它。

第二个也是在某个同样的黄昏漂来的，这个很难立刻认出来。那天我已经预感到有什么事情要发生，因为麝鼠从中午就出现在对岸，我用石头扔它，它转身逃遁，但旋即又返回来，只露出胡子和警惕的眼睛。夕阳西下，我甚至开始怀疑自己是在捕风捉影。突然，水流声改变了音调，从倾泻而下的轰鸣声变成了纤细、孱弱的呻吟声，我知道，该来的已经来了，我赶紧跑向水闸的方向。

我又拉出来一个人，把他拖到了上次磨坊主人躺的地方。固有的倾向让我重复着自己的行为。也许应该把他放到其他地方？这次是我的战友。我甚至不需要去询问磨坊老板的意见，完全是我的私事，跟任何人都无关。因为我的战友既没有磨坊也没有继承人。只剩下真相的问题。真相……一定是值得探寻的。但假如弄明白了我战友身上所发生的一切，在那里，在河流的上游，那么统帅的事情也会暴露，他们不都是在河的上游出事的吗？

再埋一次吧？单调的重复而已。而他是我的朋友，对他应该比对统帅做得更多些。虽然是相同的处理，但这次更多些。不再是裸葬，而是有仪式的葬礼；不再是深夜，而是在白天；不再是一个坑，而是一座像样的坟墓。也许我以这种方式履行着某种义务，对这义务的属性我不懂该如何描述，但我被赋予了这份义务。如果无法达成什么的话，至少可以让我逃避些什么。

我做了力所能及的努力，挖了坟墓，我要强调一下，不是坑，而是坟墓。我没有木板给他做棺材，但我把战友放到手推车上，还装饰了花环。我应该亲自拉车，以便让自己更像一匹马，这样就能把手推车扮成出殡的灵车，我还在嘴里叼了一支用吸墨纸做的黑玫瑰花。磨坊老板一家人涌到家门口，满腹狐疑地审视着我的举动。战友看起来很好，双手放在肚子上，手里插着水百合的枝条，总需要拿点什么，对吧？我把他的脚后跟冲天，头往后吊起来。这样他就直接看向天，感觉他马上就要一步跨到天上去了。也就是说他要被埋到墓坑里，但那是山顶的墓坑。这正是我的意图。

我费力地推着他上山。这天风很大，一如我曾描绘过的那些日子。纸玫瑰花在我的牙齿间震颤着，我紧紧地咬住它，把膝盖抬得老高，就像自己真是一匹拉灵车的马那样。当我爬到半山腰时，磨坊和好奇地看着我的人群已经被我抛在脚下，面前是山顶上随风起伏的草海，山后蓬松的云团化作背景，我的四周是在变幻的风中呈长条形的草地。我大声地像马那样嘶鸣了一两下，很遗憾没有像我所希望的那样逼真，这个愿望不好实现，因为嘴里还咬着纸玫瑰花。

战友！我们一起喝过多少瓶酒，我曾给你讲过各种故事，比如那个关于磨坊老板娘的故事。但我是否真的说过？今天谁会知道呢？我可以说，我说过，你可以否认也可以肯定。但这些倾诉，是当时对过去事件的阐述，今天这事本身也变成了过去事件，是涉及过去的过去的事件了，所有的一切都将落入比你和我更深的深处，尽管我们现在在上山，尽管我把你的腿冲天摆放，我就打算这样埋葬你，这样可以让我觉得你不会在升天的时候掉下来。你将比磨坊老板娘自己和她的孩子们更高，他们站在那里，在山脚下，尽管我在将来的某一时刻也必须考虑到他们。如果这将是真的，我保证，我保证，我保证……

除了对他的承诺，我还为他做了一块小墓碑，我就这样开始经营起这片小墓地。因为在第二个之后，接踵而至的是第三个、第四个……他们是否死在了溪流上游的某个地方呢？是他们自己不慎失足落水，还是被人溺到水里的？这样的事情会持续一年，还是只集中在这段时间？河水不停地将他们送过来，来者形形色色。对那些我认识的人，我做的也没有比对战友更多。而且慢慢地，我的良心也不再受到谴责了。在对付第三个时，我还是饱受了良心谴责的折磨，如何更好地处理此类事件也让我头痛不已。我不知道自己想怎么做，难道想给他们插上翅膀,让他们展翅高飞?因为如果不往土里埋,往下去,还能送他们去哪里?上面吗?旁边吗?有时我有一种丑恶的、可怕的预测,那些尸体是否应该被吃掉,这样就可以把他们留在我们中间了。

因此,我还是心怀忐忑地埋葬了他们,但习以为常之后,我内心的不安也日渐消弭了。所有的一切都令我变得麻木。这件事就变成重复性和那些可以被称为社会机械性的工作了,如果把我们这伙人看作是社会的话。打捞、挖坑、葬礼,这么频繁和规律的工作,已经无法避过磨坊老板一家的耳目,再往后他们就直接参与进来了。最初他们还感到恐惧和惊疑,慢慢就司空见惯,变得大胆起来,埋葬工作已经成为我们无聊生活中的一项娱乐活动,每个人都发挥着自己的创造力,提出自己的方案。孩子们在准备阶段也来帮忙,还充当送殡的游行队伍。磨坊老板娘擅长表演哀伤,我很惊讶她的哭泣能力,虽然她并不认识这些死者,却可以对这些尸体表现出深切刻骨的悲痛。尽管如此,我还是无法认为她玩世不恭或是惺惺作态。在葬礼之后,她的哀伤会消失得无影无踪,但葬礼上她的表现大概还是真情实意的。显然,有些人懂得为人类整体的命运担忧,就像为人母者会为所有在前线牺牲的人而难过,尽管阵亡名单里没有一个是她的亲儿子。也不排除这种可能性:葬礼给她提供了一些我们无聊生活中无法体验的情感经历。每次葬礼后她看起来都显得更漂亮，神采奕奕、精力十足，好像得到了充分的休息。无疑，情感是不会被白白浪费掉的。

磨坊老板也参与进来了，如果可以这样说的话，他是以半开放的方式参与的。参与，但又不完全融入，他在一旁，跟在葬礼队伍的后面，就像是偶然路遇。"我去，但是嘘，安静！"他通常走在某条看不见的边界处，从这里他可以自由地拐向这边或者那边，他沿着自己设定的边界线走着，隔离出一个区域和另一个区域的边界线，一个行动与另一个行动的边界线。尽管如此，他还是参与了，他如蚂蚁般沿着新形成的多边形爬行着。

通常情况是这样的：孩子们按捺不住地期待着新的刺激，跑到小溪的上游，提前侦查是否有新尸漂来。我已经不用在水闸处观察或者根据水流强弱来判断了。从远处就可以听到他们的喊叫："漂过来了，漂过来了，来了！"他们沿着溪流跑着，跳着，往河里扔石子和小木棍。我卷起袖子，走进水里。孩子们在我周围聚成一圈，你推我搡，趁着混乱在兄弟的屁股上踢一脚，或是在姐妹的辫子上揪一把。我屡次试图把他们赶走，但都是白费力气。他们被赶走后坐在岸边，仔细地盯着我看。接下来是鸦雀无声，全神贯注的一刻。当我直起身来，手里抱着某人，他们一下子沸腾起来，这既不是疯狂的讥笑，也不是胜利的欢呼，他们跳着脚奔回家去，急不可耐地把这个新消息带给父母。

在这一会儿，那里就留下了我一个活人，但我并不孤独。麝鼠小心翼翼地从被风吹倒的树根处露出了头脸。自从所有人都参与进来之后，它也在一旁守着，神情带着谨慎，甚至带有某种优雅。直到现在我也不喜欢它，尽管它已经没有攻击性，但我还是觉得，它怀着深深的戒惧，似乎在用自己的行为给我施加某种谴责。

如果事件发生在后半周，我们就把来者留到周日埋葬。因为在周日举行葬礼最好，尽管我们在其他日子也埋葬过几位，这几位后来还让我们怀念了很久。可以把我们比作管弦乐队，有幸运日也有倒霉日，有时演出成功，有时砸了场子，这不仅仅取决于我们，还有很多外在因素，从服装、乐器到天气……作为乐队的指挥，有时我会把仪式复杂化，将各种变奏曲加到乐谱中，这之前主要是出于我的悲伤和不安，总想搞些新花样，追求技术上的完善。但这些努力很快就被毁掉了，尽管我也曾成功地将孩子们分成哀悼组和《安魂曲》合唱组（他们唱得荒腔走板），磨坊承租人老婆也曾完美地演绎绝望，我也曾在露天的墓地前发表慷慨激昂的演讲，小纪念碑也做得越来越精致，甚至磨坊老板的眼里都含了泪——但都没能让我成功地达到那种理想的内心状态，或者说是真情实意，那种感觉只有在我口叼纸玫瑰花的那次葬礼上出现过。

那种状态，每个艺术家都心照不宣，当被艺术诱惑时可以达到浑然忘我之境，但随便一件事就能打破这种玄妙的状态。一个女人顺流而下，我也许不认识她，如果她的头发不是在水里的话，我还可能会认出来，但为了把她的头发烘干，我应该把磨坊点燃了，我当然无法做到。幸亏那特别的夕阳——那个傍晚恰好是如火的残阳斜照——令我无法抗拒那份使我心神不宁的回忆。孩子们喊道："要举行葬礼啦，葬礼，葬礼！"你们别怕，小鸟儿们，难道我有说不吗？葬礼将要举行，身为仪式主持人的我在葬礼上都会哭。但是这次，在此之前从未有过，也许是从来没有这么深刻地想到一种悖论。我知道，我将埋葬她，但我也想让她看起来像活着一样。从逻辑上说，我们应该把要埋葬的人分割成小块，以尽量避免将她和生者联想到一起，这是一种让她从物理上更适应自然的举措。是否向土地撒播东西要比播撒整个人的躯体容易些？尤其是她的形态和活人没什么区别。而且还要装扮她，给她抹上口红，这会让我们产生某种错觉，好像她刚刚还跟我们在桌旁聊天似的。假如我操办的葬礼是基督教的，或者也许是异教的，那么我还可以有某种正当的理由宽容自己的这些想法。但事实并非如此，我完成的这些葬礼都不是针对未来的，也没有任何为了永生或是生命的延续的内容，仅仅是从过去到过去。因此这些葬礼比人们所能想象出来的形式更为残酷、更为真实。至今为止，我所组织的这些仪式根本就毫无价值，尽管有那些别出心裁的设计，它们依旧一无是处，从根本上什么用也没有。

在我把她交给社会之前，我还是努力恢复她原来的样子，给她穿上过去的服装。也许这里有点虚荣心作祟："你们看，我还认识过这么漂亮的女人！"然而我又觉得没有这个必要，这让我心痛：我明知道，我会把她忘掉，但这更让我渴望去把将要失去的变成最有价值的、最接近现实的。因此我不惜一切，将她的脸深深烙印在我的脑海，重构她所有的细节——对我来说的美貌。这里真是充满了矛盾，而我不知道该如何解决。毕竟我将会忘记、将会失去，而我的这份努力是为了让这种失去的感觉更强烈吗，这失去本身会变成什么留下来，变成纯粹的不幸感，是的，的确是不幸，但这感觉是如此强烈，即使当它的内容消失了，但至少这份感觉还能留下来？为了至少能留下来点什么？为了哪怕仅仅留下了回忆的回忆？

我梳起她的头发，抚平她的裙子，甚至磨亮她的指甲。我成功了，这可以从磨坊老板那好色的眼神中得到证明，他来到房间窥视，假借焦急地等待仪式开始的人群的名义。我为她和自己感到骄傲，尽管只是从美学的角度考虑，尤其是殡葬美学。我们的举止已经大大违逆了应有的礼仪，我甚至比磨坊老板更甚。

尸体运了出来。磨坊老板娘认真地打量了她，然后放声哀嚎，她把"极度哀伤"演绎得如此漂亮，以至于在她的音乐会里出现了某种可疑的东西，就像在教堂进行真实的礼拜仪式时，庄严的弥撒风琴演奏中，演奏的风琴手超水平发挥，融入了自己的灵感，以至于我们无法得知，在这份成功中更多的是世俗的完美还是由于它服务于更高的目标。

在山上的那些坟墓，有的已经长出了草，有些还是一抔新土，我第一次想到，如果我某一刻永远丧失了记忆，至少我还能记得，自己遗失了这份记忆。

之后的一切又回归了常态。在人们的回忆中，一直把这次葬礼视为最唯美的一次而念念不忘。

我还注意到，在葬礼的同一天磨坊老板娘换了发型。她现在梳着跟那个她一样的发型。只是我给那个她梳的发型是记忆中的款式，现在已经不流行了，我也无法保证，是否还能再梳个一模一样的出来。

然后就下雨了，河流的水位上涨，有一段时间没有任何人漂过来。我们已经开始感到难过。没有葬礼的时间度日如年。我闲来无事，走到山顶的墓地。我修葺着被雨水冲乱的坟墓，扔掉一两块乱石，在矮墙上坐下，努力重整一下记忆。但我没做到，天气阴冷潮湿，雨水飞溅，单调地倾泻而下，似乎形成了一条模糊了天与水界限的河，这条河滚滚而来，甚至要抹平我努力用一个个坟墓来明显标识出的地方。我发现自己不是在望着墓地，而是更多地盯着自己的橡胶鞋，它们被黄色的黏土弄脏了，湿漉漉的滴着泥水，恶心不堪。我更情愿躺在我陋室里的床上，盯着天花板。眼前都是灰色的，天花板是灰色，小屋子也灰蒙蒙，朝向山谷的窗户被树叶覆盖着。磨坊里很安静，磨坊老板一定在某个房檐下睡觉呢，老板娘在缝补袜子，孩子们四处乱跑。除了等待没什么可做的，但这次我甚至都不知道在等待什么。很久以来，河流会把谁带来这个问题已经无法引起我的好奇心，我所能够记得起来的所有人都已经被带来了。如果是最初，还把这事当个乐子时，还有那么一点焦急，那是真正的等待，也就是说是在等待着"谁"，这个"谁"甚至有时已经只是"什么"了。随着时间的流逝，这份期待已经消退，一切就像画了一个圈，自始至终，周而复始。是什么的初始呢？是否有个初始？源头是否在河的上游，还是在这里，水闸这里，我打捞上他们的地方,还是那里,在山顶上?这是怎样的一条河——是我记忆的长河吗?——这条河淹没了他们,但同时又把他们运到我面前,因此甚至不能完全准确地说,河把他们吞噬了,淹没了,因为幸亏这条河我才发现了他们。那么,为了让我找到他们,他们就必须被淹死吗?然而,那又是怎样的发现呀?如果那些坟墓现在消散了的话,我就会慢慢开始遗忘,遗忘我是如何找到他们的,再也理不清他们被发现的顺序和环境了。我又会独自躺着,眼盯着天花板。整个夏天里,就像有什么事开始发生了,打捞和葬礼就好像预示着某种变化。尽管有这种预感,我还是在岸边等待他们。我觉得自己是在逆流而上,河岸、土地、山丘、森林和磨坊都像在流向静止不动的河的上游——而现在一切又像流去别处了,既不在下游也不在上游,而是四散到各个方向了,最终消弭于无形,只留下我在越来越空旷的荒原之上。眼中的一切都静止了,没有方向,没有上游、下游,不分左边、右边。

我没有睡着,但还是觉得被门后压抑着的笑声吵醒了,笑声里还夹杂着呢侬耳语声,以及被打断的话语和隐藏的嘲讽。我起身下床,四散的脚步声传来,他们沿走廊逃远了。我打开门,门外没有人,但显然刚才有人在这里待过。

我怀疑是孩子们。在晚餐的时候,他们没像往常那样吵闹,尽管如此,他们的表现还是令人无法忍受。他们做着暗号,在桌子下面咚咚敲击,当我责备的目光瞪向他们时,又集体报以哄笑,把眼睛盯向盘子,假装出傲慢和一本正经。我叹了口气离开桌子。

我走到了院子里。雨停了,但潮湿充斥着整个世界,这令我心情郁结,没任何变化的迹象,一切都是那么沉重、潮湿、混乱,一如既往。我来到小溪的上游,只是为了避开他们,让自己清净一会儿。麝鼠在岸边逡巡,似乎在找寻什么。我没有多想,下意识地捡起一块石头。麝鼠没有注意到我,也没有躲在对岸,而是与我处在河流的同一侧。我没抱多大希望,随手将石头扔了过去,竟然砸中了它,它嘴冲下应声跌落水中。这是怎么回事?我很早以前就已经放弃了击中它的希望,现在竟然阴差阳错地成功命中。我甚至吓了自己一跳,这完全是无意识的举动,信手为止,没有预想到下一步,也根本就没希望能达到目的。而现在,当我成功时才意识到,我根本就不在意的事居然就发生了。这也能叫成功吗?这种打破平衡的事情还不如不发生。在此之前,我扔石头它逃跑,这才是正常的样子,日后却再也无法重现了。事情已经无可挽回,接下来将如何发展呢?麝鼠只是尖叫了一声,短促地、痛苦地尖叫,它弓着受伤的背爬上了灌木丛，可能是为了将那里当作埋骨之所。我扪心自问，为什么要这样做呢？

这件事让我很抑郁，我继续走着，但没走多远，就看到了一个人，他半个身子浸泡在水里，半个身子趴在岸上，上半身和胳膊露在浑浊的金色河流之外，脸冲下。"啊呀，我的上帝！"我想到，"又来了一个，我可以为他做些什么呢？"

我甚至都没有去设想，如何证明这次的想法是否正确。我感到对他似乎很熟悉，比对其他人更熟悉。我把他翻过来。当然，我非常熟悉他，尽管总是有什么在隔离着我们，但我永远无法与他分开。我与他的账盘根错节，最难算清，越是紧急的事就越难解决。

我又匆忙把他翻回去，让他的脸再次贴在黏土地上，我慌乱地四处张望，以确定是否有人看到了我这反复的一幕。可能没有人看到吧，但我也无法确认是否在灌木丛中有人隐藏，之前从门外传来的坏笑和逃跑的脚步声让我保持着警觉。不能排除我被跟踪的可能。

我抓住他的腿，先把尸体藏起来吧，拖到更深处的柳树丛中去，差不多到了刚才麝鼠爬过的地方。我用树枝盖住他的脸，在旁边坐了下来，必须要好好想一下这件事了。

我意识到了这件事的重要性和复杂性。因为我从河里捞出来的是我自己。从逻辑上说，是我的尸体。我把他抱在怀里，到底是在谁的怀里？他的还是我的？他躺在那里，我坐在他旁边考虑着他的事，面对这个事实，上面的问题就成了个次要的问题。我，尽管无法理解，现在还是要我自己做出决定。

该死的责任！我自己都已经不知道，我是否在嫉妒他能躺在灌木丛中休息……嫉妒谁——他吗？因此也就是嫉妒自己了。嫉妒在这里毫无意义，但我的确有一种被不公正地强加了重压的感觉。因此，也许我真的在那里，在旁边躺着，我在这里坐着只是我在那里出现的不必要的延长，是多余的延续，是虚张声势的、装腔作势的不在场证明，我却要假装在场。更准确地说，躺在那里的那个我拥有正确的在场证据，我坐在这里是假装的，要假装出现在这里，而实际上我这里什么都没有，也什么都不该有。

然而，我思故我在，我是在这里思考的，因此我应该在这里，这不取决于他是否真的在那里。我知道，我不会因为我在这里，或者我在那里而逃避自己。

酷似者？很遗憾，别自欺欺人了。我的确曾被镜子中的自己吓到过，就好像看到了另一个陌生人，但这只是极其偶然的，只持续一刹那就会消失不见了，完全而彻底的消失，甚至在回忆时都根本无法重建，剩下的只有挥之不去的对自己的回忆。我自己的倒影总是如期而至，乖乖地等在那里，它急不可待、不请自到。我还知道，就算我枯坐一通宵，用手电筒照着自己的脸看，也不会有片刻时间让自己相信看到了别人。因此我们还是把虔诚的愿望放到一边，来考虑这不可避免的事情吧。

我是否害怕他，害怕我自己的尸体？啊，让我害怕他也好，这样还能给我一点希望，让我说服自己跟他没有任何关联。我更害怕那一瞬间，那记忆中我对镜子里的自己感到陌生的瞬间。对他，我并不害怕，但这样更糟——他破坏了我至今所拥有的无罪信念。谁知道，我是否是清白的。

我这就解释一下。面对那些被河流带来的人，我此前并没有负罪感，至多感觉到有某种义务，之后应该再为他们多做点什么。在之前的关系中所表现出来的义务，我从未觉得可以明确地将其描述出来。我尚且不明白这些义务应该包括什么，又怎么能说满意地履行了这些义务呢？但如果从事情的开端来梳理一下，如果我们把这个开端定义为将他们带来的河流上游的某处，那这个开端就与我丝毫不相干了。是河流淹没了他们，并将它们带来，我只是在水闸处等待接收而已。这就一目了然了，至少从这个角度来看我是问心无愧的。但现在的情况复杂了，我也曾出现在那里，在河的上游，那么我又怎么能保证,自己没有参与其中,参与到令这些人顺流漂下的事件中?我在那里都做过什么,采取了怎样的行动?姑且假定我不是漂尸事件的同谋者,那也无从得知我是否保护过他们,是否尝试过拯救他们。我在那边扮演了什么角色,我是否完全清白无辜?能够回答这个问题的只有我,那个躺在旁边的我,但他偏偏只能永远沉默下去了。因此无法确定我的清白,我对自己的清白丧失了自信,因为我不知道我在河流上游的所作所为。

不,很遗憾,我不害怕我的尸体。我现在害怕的是另一件事——在河的上游发生的事情。不仅是出于对自身清白的担忧,到底是什么原因将我淹死,带我漂来?背后的真相令我恐惧。先要弄明白自己的事情,然后再去管其他人。一定是独立于我和他们之外的某种外力造成的。难道我会在上游蓄意地把自己投入到水里溺死,然后飞速跑到下游,超过水流的速度,以便在下游等着自己,把自己捞出来?这简直无法想象。所以必定是某些存在把我扔下去的,是什么呢,肯定不是我,那么我应该害怕的是什么呢,根据"我不害怕自己尸体"的原则,可以推论出我必须害怕是与之完全相反的东西。

我的尸体如同一艘大船,满载着恐惧与罪恶感驶来,我是悲伤的乘客。

至于罪恶感——这是更容易对付的事情。我想,可以用恐惧来救赎它,但是我又以什么来救赎恐惧呢?我害怕的不是我已经碰到的东西,而是正在等待我的未知存在,因此我愈发恐惧了。假如,我曾对那些人犯了罪,然后我把他们从河里捞出来,而现在我处于与他们相同的境况——但我自己的问题显然更难处理。因为对待其他人,不论是熟人还是陌生人,我虽不知道该怎么处理,但最终还为他们准备了葬礼。而要我自己埋葬自己?这是双倍的恐惧和双倍的艰难——我希望——能救赎我的罪恶。

先不管其它,当下我最害怕的是,家里发现了这件事该怎么办?首先他们会得知又有某人逐浪而至,我会像通常那样把他带回来,而没有人知道这次是我把自己带回来,接下来应该是顺理成章的葬礼。如果我跳出来反对,他们必定会生起疑心,并努力找出原因,直到真相无所遁形。他们对这类事的理解甚至没有我深刻,这个真相将对他们的头脑造成严重的冲击,他们说不定会因此攻击我以求自保。上帝知道,他们会怎么想我,也许甚至会认为我一直就是个幽灵?我不允许自己陷入这种窘境。

为了避免这一切,应该从第一时间就开始布局,对他们封锁漂尸来到的消息。

在茂密的灌木丛中搞个藏身之所吗?不太靠谱,万一有人碰巧看到了他（我）呢？最好还是把他（我）留在身边，寸步不离地严防死守。我最终决定把他背回家，藏在我的小屋里，然后再考虑下一步怎么办。我把自己背在背上，往磨坊的方向走去，此时夜幕已经降临。我在小树林的尽头停下来，我仔细倾听，警觉地观察周围。一片寂静的黑暗，人们一定都去睡觉了。我决定以尸体允许活体能够拥有的最快速度跑过院子。简直太倒霉了——门被从里面反锁上了。我应该预见到的啊，家门在夜里都是上锁的。

　　本来很正常，但我觉得，他们是故意这么做的。他们是否已经有所察觉，开始筹划对我这个活尸体实施自卫？

　　我从未像现在这样渴望回到家里。甚至不是因为想要把自己的尸体藏到床底下，只是为了能回到人们中间。但是带着尸体到人们中去真的好吗？如果我跟他待在院子里，是不是更合适些？他们把我（他）关在门外，难道毫无道理吗？对于他（我）来说外面应该是更适合的地方。在这个静谧的夜晚，只有雨水从屋檐上滚落的滴答声，远处偶尔传来几声犬吠，我们就待在这个空间里——四墙之外，而不是墙内，那里不适合容纳我这个已经死去的同伴。我们就像两位一体的圣人，你即是我，我亦是你。这在算术上的少数并不意味着，我们的神秘性就低于三位一体的圣人①。而墙内的空间中，那些现在正躺在床上的人们，怎么睡得那样香甜，他们或是蜷缩着身子，或是四仰八叉地伸展着肢体，有人还抱着自己的膝盖或者脸庞依偎着自己的臂弯，被自己的身体所温暖，他们从哪里来的自信，有权利把我这个背着自己尸体的人隔离出来？他们觉得自己就像拥有不可置疑的权利，是上帝本人赋予他们的权利吗？尸体可能也是上帝创造的，为什么不让我回家，将我置于这样不可测的环境之中，没有墙，没有门槛，没有陋室，甚至没有一隅能够容身，我所处的地方怎能称之为家？是双胞胎吗？这也许是我的双胞胎兄弟。上帝也没明确说，他认为谁有道理，只是默许了我背着他站在这里，而他们在享受家的温馨。

是否那些被我埋葬的人……也曾像现在的我一样想进去？……对此，我之前所表现出来的对他们的同情，为他们准备的葬礼还是不错的，这也多少安慰了他们和我自己。我们不要跑题了，这是另一个故事。之前总是他们和我，而现在只有我和我。以前是我埋葬他们，不

---

① 三位一体，又译为三一真神、上帝圣三、三一神、圣三一、三一神论，基督教神学术语，对于基督宗教的神 YHWH（新教常汉译为上帝耶和华，天主教常汉译为天主雅威）的学说，建立于 325 年第一次尼西亚公会议的《尼西亚信经》，是基督教三大派别的基本信条。

是他们葬自己，因此对他们来说更容易，更舒服些，而现在却是……

谁说到葬礼？我还站在这里，尽管我是活着的尸体，我也有权利回家。那好吧……但是门锁着——敲门，叫醒他们吗？这恰恰是我不惜一切代价首先要避免发生的事情，这也正好证明，我已经开始和这里格格不入了。

尽管如此，我之前的想法还是动摇了，同时也激起了我对家里人们的愤慨。我找到一个折中的地方，既不用混迹于人们中间，也不用置身在荒野之中，我把自己带到了牛棚。那里甚至还不错，至少很温暖。牛给我一种存在感，而且还不必担心要面对各种质问。我在一种神秘的、但又不太可怕的孤独笼罩下，一直撑到了天明。

第二天，我成功地将他从牛棚偷运到我的小屋子里。我是把他装在袋子里运过去的，神不知鬼不觉。在家里的确更容易隐藏尸体，但也更难把他忘记。而我在期待着什么呢，期待他复活吗？我决定先这样维持着，暂时藏下去，之后再见机行事吧。

没人知道，与自己的尸体共存是多么艰难的一件事。我需要正常地生活，用肺吸入空气，嗅闻花朵的芬芳，还要在说"这是花"的同时表现出该有的愉悦；

而花谢时，又要表现出哀伤。与此同时，心里还一直在嘀咕：他在那儿呢，坐着等呢。等什么呢？当然是等我，等我为他做点什么。而我在等什么呢？我的等待恰恰是等待着他的等待，这简直毫无意义。因为等待只能是等待谁或等待什么，不可以是等待谁的等待。因此，他有权利在等着，而我却濒临崩溃。

我提到过复活。一开始我曾幻想，也许他能够活过来，我曾听说过人工呼吸、心肺复苏……我用尽万般手段来尝试，最终打了他一拳。这一拳出于两个意图：第一，试图把他击醒，万一他只是处于昏睡中呢；第二就是出于愤怒，为了惩罚而打他。当然，毫无结果。我对此也不感到吃惊。他能活过来吗？如果有两个活着的我，又该怎么办呢？这当然不行！现在已经有两个我了，只不过一个是活的，一个是死的，这已经够难以理解了，尽管这是现实，很遗憾。我也闪过自杀的念头，但这根本就不能成立，毕竟我已经死了。

那么还是埋葬吧……对别人也是这么做的，对我来说或许是唯一的出路了吧，甚至是必须的……像给其他人那样，为自己立个小纪念碑，自己来山上给自己扫墓，哀悼自己："睡吧，我的唯一，安息吧。"埋葬，挖个坟墓而已。然而就算是对别人用这样的解决方式，我都不能完全同意，更不用说对我自己了。我不知道他,我的尸体怎么想,但我,活着的我,无法同意这样做,也不想这样做。在这里,我们的共同体分解了。这是唯一的一刻——只是遵从了我意愿——只有我这个活着的表达了意愿,只有我这个活着的发出了拒绝的声音。只要我不想埋葬他,我就不会埋葬,我还能找回自己,只是我这个活着的自己。埋葬他——已经无关于人们的看法——而是意味着妥协,与他永远达成一致,丧失掉所有希望。

天呀,我多么想活着,不管他,反抗他!也许这听起来非常虚伪,他毕竟已经在这里了,也就是他已经把我置于死亡之上了?但是我可以承诺,我有时会有一种完全活着的感觉,一种充满了生命力的感觉,不,甚至不是生活的能力,而是生活本身。在这时我就更觉得无法理解,他在这里做什么,我甚至想不耐烦地大喊:"请把他弄走!"直到我意识到,我不能向任何人喊,我必须在自己的房门内充当自己的仆人,被指派去收拾那些没用的、碍事的东西。

因此我还是把他藏着,一直藏着,不惜一切。只是把事情封存在那里,尽管从完成体的意义上来说,无法彻底封存。这件事实践起来也颇为不易。我害怕真相会暴露,我怕他们会发现。但愿这只是我庸人自扰,担心他们已经察觉到某些蛛丝马迹。家里人对我还跟往常一样，但这是真的吗？我已经不提孩子们了，他们总是稀里糊涂。因此假如某个孩子单腿蹦着，不怀好意地反复说："我知道啦，我全都知道啦！"——可能是指我的秘密，也可能指某个弟弟偷偷吃了果酱。但从另一方面来说……他们是否在小溪边时就已经在暗中监视我了？甚至更早就开始了——会不会还看到我被扔在岸边，就在当初我毫无准备的时候？更糟的是，磨坊老板通常从来不正眼看别人的，但现在有时会盯着我看。再就是一些小事，甚至是可笑的事。比如一头母牛在草场上转过身来，久久地、安静地望向我们，这就足以在我们中间引发某种莫明的不安。尽管这有点荒谬可笑——磨坊老板的注视比孩子们的暗示更缺乏依据，孩子们还真有可能知道点什么，但老板注视却令我心中更为忐忑。

从表面上看，在吃饭时我们还像往常一样地交谈，但真的是这样吗？"真无聊，要是再有个人埋葬就好了，已经很久没举行葬礼了。"——我们闲聊着，跟之前一样。我点头附和，甚至自己挑起这个话题，因为回避会招来怀疑。我觉得，用这种方式就可以打消别人心中的疑虑，但不能确定，我怕自己弄巧成拙，不但没有成功地避免怀疑，反而引发了怀疑。隐瞒会造成灵魂的分裂，让我感觉同样糟糕。

当我与他隔绝开来，各过各的时候，我会感觉轻松一些。那个可怜的家伙看起来状态不佳,我也好不到哪儿去。我们比两滴水更相近。也许从我这个生者的身上,带给他某些生命的气息,令他没有那么快腐败,而我受他死气的侵蚀,日渐衰弱。因此我们会在中间某个平衡点相会,以相同的样子平行前行。

万灵节①到来了。我完全没有心思去打理山上的小墓地。一个人要是有了自己的尸体去操心,就很难再去管别人的。既没有时间,也没有意愿。而且别人的墓地会让我联想到自己的尸体,这正是我努力去忘记的,因此我已经很久没去墓地了。但在万灵节这天,我脱离大家的共同行动就不合适了,我决定去拜访他们,这次是以战友的身份。不仅仅是出于节日习俗。我在平日里还可以假装与他们没有任何关系,当那一刻,人需要在自己人中重拾自我的时候,在这里能够得到宽慰和安心。也许是出于一种暂时停战,休养生息的需要,就有了这一刻的妥协。现在我看到,自己当时几乎就要放弃了,

---

① 万灵节亦称"追思节"或"追思已亡节"。天主教纪念已去世教徒的节日。按其教义,在世信徒的代祷行为可以帮助那些在炼狱中涤罪的信徒亡灵,使之尽早涤尽罪恶、升入天堂。早期教会就有为亡者祈祷的负尚。6世纪时本笃会开始在圣灵降临节举行追思已亡修道者的活动。998年,克吕尼大修道院的修士圣奥迪劳将万圣节(11月1日)的后一天(11月2日)定为追思已亡教友之日,即"万灵节"。如逢星期日,则移至11月3日。

这种听天由命的状态是多么的危险。我已经感到疲惫不堪，尽管我在自己面前不愿承认，我寻求过相互谅解，寻找过暂时达成一致的条件。万灵节是个天赐良机，可以不损颜面地、保持荣誉地在中立的立场上与反对者达成妥协。而且，在这一天里，活着的人在逝者的节日里去拜访逝者是件再正常不过的事情。就像在那些沙龙性质的场所里，曾经在别处争吵得势不两立的人可以握手言和。因此我可以在那里让自己小憩片刻，喘口气，舒缓一下紧绷着的神经，同时还有权利来证明——我还什么都没有说，我还什么都没有解决，所以请不要误认为我同意了。

我最终还是去了。这是最后一次到墓地去，之后我整个人就垮了，就像丢了魂，我感到很难过。也许是因为我已经偷偷地看过了自己的墓地，夹在其他人墓地中间那小块儿，无人打理的、被遗忘的角落。我还需要除草、填土、清杂、垒高墙壁——我一边想着，一边用眼角打量着，我自己都不知道，我在狡猾地为自己搜索和选址，选定个更好的、居中的、相对干燥的、最好不会被碎石和地下水损毁的安全地块。

此时我意识到了，不，我没想起来，因为在此之前我还不记得这些——我发现，我在可怕的眩晕中发现，我从家里出来时，没有用钥匙锁我房间的门。会有人进去，惊奇地发现我的尸体，我会喊道："被当场抓到"。潜伏在我心底的准备投降的念头一瞬间烟消云散。就像一名逃犯，当他觉得自己已经榨干了最后一丝体力，瘫软在森林里时，他会闭上眼睛，心想：该来的就来吧！而从不远处传来一群狗的吠声时，他又会猛然站起来，再次逃亡——我也跑回了家。如果是慢慢地想要主动放弃，还纠结着，保持着表面自愿的姿态是一回事，但被不可挽回的事实所逼迫着放弃则是另一回事了。而且接近并不意味着已经放弃。接近，还可以保持反悔的可能性。而他一旦曝光就会把我的这种可能性剥夺了。

我登上楼梯顶，确定走廊要比平时看起来更亮一些，这表明我房间的门大敞着。我放缓脚步，悄悄地走近房门。

我看到了这样一幅画面：门对面是窗户，窗户前摆着椅子，椅子上面坐着我的尸体，他背对着我。磨坊老板娘在旁边站着，握着他的手。天色已经暗淡下来，但这幅画面的内容清晰无比。我尸体的手和磨坊老板娘的手握在一起，这是我所熟悉的一幕……

此情此景，我该如何面对？进去，向她解释：你弄错了，那个不是我，是他，或是这不是他，而是我？还是出于妒忌向我的尸体发出决斗邀请？还是控诉磨坊老板娘，为什么要跟我自己的尸体一起背叛我？向谁控诉呢？向磨坊老板吗？还是直接跟她本人理论？但是她毕竟对此一无所知呀。她这么久都蒙在鼓里，现在是我们三个聚在了一起：她自己、他和我……我是否更愿意，让她同时看到我们三个，把一切都暴露在光天化日之下，让我，活着的我能够拉住她的手，从他的手中抽离出来。她在毫无察觉的情况下把他当作了我，根本就没感觉到什么异样，就像通常那样握着我（他）的手，出神而投入，就像那真的是我一样。我无助地看着，尽管她充满了信念和感情，但我却被剥夺了与她相拥的机会，那个死人夺走了我唯一的时刻，这是我在磨坊中看得比生命更重要的东西。因此他不仅夺走了我的生命，还有我的一切。如果她发现了真相，是否还愿意接受我呢？而真相是，不管之前还是现在，她总是孤独的，如果现在她没有感觉到任何异样，如果她同样接纳我，不管我是尸体还是生者。现在暴露出来，意味着将给她带来最大的羞辱，让她知道她接受过我们两个，她将恢复孤独。

　　我感到从未有过的羞愧，踮着脚向后退去。我已经知道，这事从今天开始再也不可能这样持续下去了，我必须在当晚找到出路。

　　如果连她都无法把我和我的尸体区分开，这就意味着，事情发展得有些离谱了，我的尸体过于深入地闯入了我的生活。但我也无法大声地抗议，因为抗议将指明唯一的出路：葬礼。

我来到河边。河还像之前那样，像那个时候一样流淌着……因此我想到，它之后也将这样继续流淌，这个简单的发现让我脑中灵光乍现。

如果当前的苟且无法继续，如果我不愿也不能举行葬礼埋葬他，就意味着我既无法再跟他待在一起，同时又无法与他分开（就算有葬礼，这也只是表面上的分开，而事实上葬礼将会是对他永远的确认），那还有什么出路留给我呢？这是个谜，就让他们爱怎么想就怎么想吧，我觉得，我已经找到了解决办法。

当然这要求有一定的牺牲，我必须放弃之前无比珍视的东西。这些是磨坊主人的尸体出现时我就已经意识到的——工作岗位、安全感和在这个破旧但温馨的磨坊里的平静生活，我对磨坊的魅力再熟悉不过，在我一直的讲述中已经完全流露出来了。河流，这条把他带给我的河流，现在可以帮助我。借助它，我们不可分割的、无法解放的捆绑将会被松开。我既不会把我的尸体交给任何人，也不必再背着它独自前行。我的尸体将永远与我连在一起，但我将重获行动的自由，他将保持不动——这已然是他的自然属性，但他永远也不会待在一个地方。我将把他投入河流中，我自己也将加入进来，让河流将我们融合。他将随波逐流，我也将沿岸前行，我的视线将一直追逐着他。因为水流不息，不会停留在这里，在磨坊旁。我不知道哪里是它的入海口，也不知道它源自何处。无论如何，我在这里，因此我也可以在那里。我沿着河向下游走去，河裹挟着我的尸体，我将不再依赖于我的背脊，因为他和我，我们两个将同样依赖于河流。河流将是我们的约柜①，我去到哪里，他就漂到哪里，反之亦然。

这一定是相对的自由。但是否依赖于运动就一定比依赖于静止更好呢？依赖于河流比依赖于尸体更好吗？

我等到磨坊老板娘下楼，开始去准备晚饭。我随即溜到楼上，迅速打包了我最需要的东西。几件暖和的内衣、剃须刀的插座……我已经准备就绪了，就等大家聚集到餐桌旁。我手上拎着箱子，肩膀上扛着尸体。从厨房的门后传来锅碗瓢盆的碰撞声。我是多么想坐下来与他们一起呀。别了，磨坊！有太多东西难以割舍。

我走向水边，经过了轮子和水闸。尸体轻轻溅起水花，载浮载沉，慢慢地打着漩，随着水波漂流着。我不

---

① 又称"法柜"，是古代以色列民族的圣物，"约"是指上帝跟以色列人所订立的契约，而约柜就是放置了上帝与以色列人所立的契约的柜。这份契约，是指由先知摩西在西奈山上从上帝耶和华得来的两块十诫石板。

认为他会对此提出抗议，我最终将他放置到与他来时相同的元素中。

　　我们的漫游这样就开始了，旅途充满艰辛。我必须依照河流带他移动的速度，不紧不慢地在同一侧河岸行走。有时岸边是陡峭的山崖，我要沿着山岩手足并用地攀爬，同时还要拖着箱子，有时会滑落到乱石岗和岩屑堆上。有时在山顶上，我需要运足眼力盯着，以防他消失在视野中，灌木丛也屡屡遮挡我的视线。有时水流湍急，我不得不一路奔跑才能跟上。有时他被漩涡卷带着，尤其在流经瀑布时，他会被冲得转圈，我可以利用这个时机休息一下，坐在峭壁上观察着他在水中的行止。他时而深潜，时而浮出，就像顽皮嬉戏的海豚。当河水流经平原时又是另一幅景象，水流平缓下来，流入了寂静的河湾，这里淤泥沉积，浅滩上水葱和芦苇丛生，野鸟在其间繁衍生息，时而尖叫着从他身上飞掠而过。他曾经沉重地陷入沼泽中，也曾搁浅在没有出口的支流里，被懒洋洋地包裹在棕褐色的淤泥中。我砍了一条长棍子，当然很难挑动他，在我把他推回主流之前，我洗袜子、生火堆、做点热饭，一言以蔽之——休息。我有时几天都不管他，默默地为自己后续的旅途积攒力量。当然，也不是那么糟糕，我从未抱怨过单调乏味和一成不变。有时我还有足够的时间去欣赏周围的景色，领略山河的壮美。还能顺路结识些短暂的交情，四处打点零工，挣几个零花钱，但我从来不会离开岸边。

我给自己做了个钩杆，多少学会了如何使用它，我会用它加速他的漂流，缩短他的停留。我把他赶向水流最急的方向，或者从浅滩上解救他。有一次遇上了大旱之年，河水几乎断流，我们得来了一段很长的休息时间——我成功地在岸边的小镇上学完了一个绘图培训班的课程，这让我在日后的旅行中可以挣到更多钱。我还在船运商那里打过工，这活有个优点，我在视线不离开他的前提下还可以兼顾工作。

有一次，我们差一点失散。为了能在"渔民之家"玩一会儿，我预先把他安置在岸上。夜里，当我跳华尔兹兴致正高时，暴风雨和洪水不期而至。该死的娱乐让我后悔不已，我来晚了，赶到时天都快亮了。有人带来消息说，河水上涨，船只都被吹离了泊位。我跑到岸边，他已渺无踪影，上涨的河水把他带走了。我都经历了什么，我拨开河水中裹挟的树叶和树枝，甚至想喊他，但他又怎么会听到呢。直到中午前后，我焦急地望向远处，看到河中央平缓而光滑如镜的水面上冒出一个有特点的鼻子，这一段水路正夹在几座平缓的、相隔较远的小山中间。雨过天晴，太阳重新君临大地，在鼻子上方出现了彩虹。

关于鼻子，就让它给我个教训吧，我再也不会离开你了。风餐露宿的生活尽管颇为艰辛，但对我的健康却很有益处。我变得坚韧强壮，充满了探险精神。

这一年早春，我来到了一个临河的小镇。寒冬时节封住河面的冰层已经开始崩裂，几天来沿河而下的浮冰在桥前越积越高，形成了一座冰坝。他也被淤塞在这冰坝中，就像一块浮冰，在自由的岸边停滞不前。我也停了下来。桥吱吱作响，随时有倒塌的危险，大概工兵应该会来清除冰坝，疏浚河道，拯救桥梁。我没有其他事可做，就去集市闲逛。早春的景色干净而洁白，阳光映照残雪，天空蔚蓝如洗，冰凌和树挂一片晶莹，只有与人类相关的东西被衬托成黑色。集市中人山人海，农民们从周围汇聚而来。我沿着市场那些摊位的主路溜达着，在人群中看到了几个人让我觉得十分眼熟的身影。那是一辆带有敞开的柳条筐的马车，马悠闲地嚼着草料，在车上坐着人……哎呀，难道是磨坊老板一家？磨坊老板在柳条筐里打盹，她——我的上帝呀——几乎已经是一个老妪，她正在展开一捆什么东西，那些年轻人傲慢地四处打量——难道是那些孩子？

我不知道自己该夺路而逃，还是该走向他们。磨坊老板娘显然已经注意到我，她碰了碰丈夫的肩膀，老板抬起鬓发花白的头颅看向我。她抬起手喊着什么，可能她已认出了我。但就在这一刻,轰隆一声巨响传来,寒鸦从教堂的塔顶上骤然飞起,人们开始成群地向桥那边奔去,围观工兵如何清除冰坝。因此我也跑了起来,不是为了去看热闹,不,我只是去找自己。很快,当浮冰移动起来,我也动了,跟着移动的当然还有我。

那个正在坠落的人

最初，我只是感觉到强烈的晕眩，并不知道自己在下坠。天旋地转，我像被装在袋子里的猫一样四处乱撞。不知道自己在下坠时，我也不害怕下坠。我认为只是吵闹声而致的头晕目眩而已。

之后，我就习惯了，而习惯就带来无聊。无聊就开始寻找无聊的原因，而后我确认，我感到无聊，是因为我已习惯。但我习惯了什么呢？

习惯了吵闹，当然。但吵闹又是从哪儿来的？我发现，我正在围着自己的重心旋转，也就是在翻跟头。为什么会这样？直到我停止翻跟头之前我都一无所知。我努力控制四肢，终于能够变成竖立的姿势。这意味着，岩架上的苔藓、地衣和矮小的灌木丛都飞掠而过，在我的头顶上方消失，涌向了我脚的方向。此时，我才意识到，我在下坠，我开始感到害怕了。

我害怕，这很显然，下坠本身并不像坠落的后果那样可怕。下坠，它本身并不会造成任何伤害，但也不会永久地持续下去。我已经开始害怕那个大时刻的到来,坠落结束的时刻可不要到来啊。渐渐地,我又习惯了,习惯了恐惧,至少是有胆量审视一下周边的情况。

我是从绝壁边沿往下坠落的,除了这堵绝壁,其它地方都是没有距离感的广阔空间。绝壁上有的地方出现了崩裂,形成了飞檐和裂层。我想到,可以利用绝壁的不均衡性,抓住某处凸起,或者抓住一棵小树,哪怕是草丛,不管抓住什么,都能让我停下来。我往下瞄着,等待着机会。那是矮生山松!当我落到跟它一样高时,我陡然伸手去抓。猛地一拉,紧接着是强烈的冲撞,我双手捧着矮生山松继续飞落,就如同手持一束荒谬的花去谁家登门拜访。

既然它对我一点帮助也没有,就赶紧松手,让我自己飞吧。也许还会有更好的机会?那儿有一棵颇具规模的小树,一眼看去要比矮山松可靠多了。我再次张开手掌,在接近它的时候奋力一把抓住。"嘣——啪",我继续飞着,但这次我惊讶地注意到,我有了四只手,四只手紧紧地抓着折断的树枝。不,只有两只手是属于我的,另外两只是别人的——我往下看去——那人是不知何时从上面飞过来的,跟我同时伸手抓住那棵小树。他比我胖,因此比我重,也就比我下坠得快。(就算所有的躯体都以一样的速度下坠,但我们又不是在真空中坠落,还不是毫无意义……)他追上了我,现在我们一起飞坠,面面相觑,近距离地相互打量着对方。我们之间是共同握着的树枝。最终他松开了一只手,彬彬有礼地举了一下礼帽。

"这个,这个,那么,那么……"他自我介绍着。

我略微颔首,并没有对他释放出善意。因为他的搅局,我还要继续下落,那一棵小树根本禁不住我们两个的重量。如果不是他……那时……假如只是我一个人……现在……现在我甚至降落的速度比之前更快,因为我额外背负了他与我之间的重量差。然而我没有松开树枝,尽管这可以让我轻而易举摆脱他。

"先生您也在坠落?"他笨口拙舌地说。很显然,这是个外向型的矮子。

"嗯……"

"那我们就一起往下掉吧。"他高兴地说,就像找到了什么高兴的理由。

真不知道他凭什么这么自信!他难道没想过,我可以随时放手,松开树枝?但我也一直都在迟疑,万一他说的有理呢?有人陪伴一起下落会更愉快些?两个一起,甚至可能是三人行,因为树枝上有一只绿色的肉虫子正在爬着。

"松开!"我责怪道。至少不要让他觉得我是赞许他这种行为，我拜他所赐还必须继续下坠，他起码得有负罪感。

"先生您是指树枝吗？"他笑了起来，"这既不是第一个也不是最后一个。我已经抓过不少东西，结果总是一样的，所以没什么可在意的。"

没什么可在意的！就像我们坐在某个咖啡馆的桌子旁闲聊那样轻描淡写！他到底是愚蠢还是弱智？

"噢，您只要看看那儿。"

我望向他用眼神和头指给我的方向——我的后面。在离我们三百米的地方有一位戴着夹鼻眼镜的老先生，看起来像一位值得尊敬的大学教授，他显然也在往下坠。他怀中抱着的一只野山羚羊正努力挣脱他的怀抱，羊蹄在空中乱蹬踢。显然他是在飞行中抓住了它，就同我们抓住灌木丛一样，一人一兽在一起继续坠落，毫无意义的希望致使他不愿松开羚羊，尽管它一直在怀中抗争。

"这意味着，不是只有我们？"

他松开一只抓着树枝的手，比画了一个半圆，以此做出了全部回答。我用目光扫向这个手势。

现在我才注意到，在浩瀚的空间里存在着为数众多的坠落者。此前，我太过忙于关注自己的命运，那时观察绝壁，环顾四周和身后，好像空无一物。

有些人像我之前那样在翻着跟头，有些人大头朝下掉落，有些人头冲上，像我目前这样。也有一些人是横着身下坠的，就像躺在看不见的沙发上。总的来说，还可以用两种下坠方式把他们划分开：一类人努力抓住些什么东西，而另一群已经放弃了抓东西的努力，做自由落体运动。第二类人属于少数。

在少数派里，有些人表现得好像是纯正的"孔雀男"。看得出来，他们非常看重品位风格。他们双腿优雅地并拢，两手轻松随意地放在身侧，头向上昂，目光潇洒多情。而另一些人张牙舞爪，完全控制不住自己的行动，如同一团松散的部件。

一个年轻人经过我们。指间攥着一株雪绒花。他攥着花，尽管大概也不会期待着能被花儿吊起来。

"审美家，"我的旅伴冲我眨着眼，对他大声喊道，"多么美呀，多么美呀！"

他甚至想拍手的，但还是改变了主意。他也不想松开树枝。树枝对他来说，就像羚羊对于教授一样重要。

一位已不再年轻的女士经过我们，她双手抓着连根拔起的某种草。不难看出，是她那时候拔下的，那时候，很久之前，因为草已经蔫耷耷的，但她却将其抱在怀中，就如同新鲜的花朵。除此之外，她身上还挂着各种小棍、枝茎和干草，包里面还有鹅卵石。

"纪念品。"同伴小声地为我解释,还冲那女人殷勤地鞠躬。

"您认识她?"

"不,但我为她感到难过。"

我不再四处打量,因为我的胳膊有点痒。那只肉虫子从树枝上爬到我这儿来,开始往我的手背上爬。我吹了口气,它不再爬了,停下来不动,用它那看不到的、毛茸茸的小爪子用力地抓着我。它假装自己不存在。我想再次冲它吹气时,我的同伴阻止了我。

"先生,放过那个伤害您的东西吧。"

"当它把我弄痒的时候吗?"

"就让它在那儿待着吧,就这样……"

他没有说完,但我能猜想到,他想说什么。我放了手。肉虫子迟疑了一会儿,继续爬走了。

他没有挑明的暗示让我重新认识了他。他能够明白我们处境的悲剧性(如果能把下坠称为处境的话),他并不是毫无思想的乐观主义者,正如我所感觉到的那样。我可以跟他严肃地交谈。

"这还要持续很久吗?"我问道,这次轮到我来做暗示。

"我哪儿知道呢?首先我要飞过整个降落的路程,然后再返程飞向上面,这样才能有概念。"

"返程……您曾看到过谁回去吗?"

"没。"

就在此时,我感到脊柱剧烈疼痛。立刻转身,我还来得及看到一张愠怒的、扭曲的胖脸,脸上的嘴巴大张着,喊着什么骂人的话,还看到了一条踢了我又抽离的腿。

"为什么?"我喊道,尽管袭击者已经无法听见我说的话。

"您还问什么?因为下坠呀。"

"住口,又不是我的过错,又不是我让他掉下来的!"

"当然,这不是您的过错,也不是我的,不是任何人的。但他向所有人报复。他脚踢嘴咬每个他碰到的人。如果够不着,他还会吐口水。很疼吗?"

"疼死我了。"

"疼,就感觉不到痒了(的确,这疼痛让我感到肉虫子造成的痒已经不是事儿了)。——我这里有治咳嗽的药片,您要不要吃点?"

"可我又不咳嗽。"

"一切都无所谓啦,只是为了吃点什么药嘛。您看吧,会好受些。"

我吃了,疼痛的确减轻了。我的同伴是个有经验的人。

幸好不是所有的人都像那个神经质一样癫狂。总体来说他们对下坠的反应还是以较少威胁到周围的方式进行的。我可以举一个例子。

他像所有人一样在下坠,但一直在看表,对我们喊着,但更像对自己说:

"哈,我赶时间,赶时间!……"

"您赶时间去哪儿呀?"我惊诧地问。

"去上面!"

"什么去上面啊,您可是……"

"嘘……"同伴让我闭嘴,"由他去吧。"

"我飞去上面,我飞去上面!哈利路亚!"他喊道,向下飞去。

只有一次,碰到的人激起了我的嫉妒。我想,如果不是我自己也在下坠,我看到他们这样落下,一定会被他们迷住,也立刻纵身跳下去追随他们。我说"追随他们",因为那是两个人。两人都非常年轻,他们紧紧相拥,注视着对方,一起下坠。大概在他们的眼中除了对方什么也看不见了。他们对周围的一切没有丝毫关注,可能甚至都不知道他们自己在下坠,即使知道,他们也会毫不在意。

我的同伴也同样注意到他们,也与我一样沉默不语，某种羞涩和妒忌笼罩着我们。我们努力避开不看，我们生自己的气。我为他感到难过，因为他是他，而他为我难过，由于我是我。

然而这一切与我们之后碰到的相比就不算什么了。恰巧我那时没有四处张望，我正忙于关注那只肉虫子，它在来来回回溜达了几圈后，终于漫游到我左手小拇指指甲的最边缘，在那儿磨蹭了一会儿，突然展开了小翅膀。

"您看！"我喊道，"也许该把它的翅膀折断？"

同伴的脸色刷的一下变得惨白，这不是因为我的建议。他在看别处，脚下的地方。

"那里，那里……"他语无伦次地说道，已经无法再多说什么。

我看向那个方向，暂时忘掉了肉虫子。

我已经习惯于单体坠落，当看到那由人群组成的乌压压一片时，没有能马上反应过来。他们也在坠落，但是怎样坠落的呢？他们组成了一个直径大概有一公里的紧密球体，他们交织纠缠在一起，没有一人脸冲外，都是面向球体内部，因此看不到任何人的脸，只能看到挺直的脊梁。他们相互扭结、挤压、紧贴在一起，形成了一个共生体，有着规则的形状，也就是这个球体。类似于某种小行星的模样的球体散发出强烈的臭味。

"精彩呀!"我被这壮观的景象迷住了。

"您疯了!要知道我们是径直飞向他们的!我们必须做点什么,不然我们就迷失了!"

"为什么?从远处看,这一切看起来很美呀。"

"那是从远处,而不是从近处。它离我们越来越近了!"

的确是这样,球体在接近,原来所呈现出来的弯曲表面,在眼前已经变得平直起来,形成了地平线的视角,尽管还带有点弧度。因此,它已经不再是球体,看起来更像一个巨大的凸起,沉闷的飒飒声不断传来。

"您快解开,快点!"

"我需要解开什么?"

"扣子!"

我没有对这个奇怪的命令多加考虑,学着他的样子照做了。他自己把大衣的扣子解了,我把自己短上衣的扣子也解了。大衣被吹展开,形成了类似降落伞的效果,我的短上衣也是,比大衣的效果要差一些。坠势稍缓,但很快又恢复到原来的速度。

"没用啊!那一坨蠢物在吸引我们!"

的确,这个球体就像由于著名的物理原理形成的引力团。我觉得我们完蛋了,马上要无法逃避地撞上这个飒飒呼啸着的引力团。

突然,我觉得鼻孔痒痒,使尽全力地打了个喷嚏。这个喷嚏就像启动了太空船的反应推进器一样,改变了我们的飞行方向。垂直降落变为向旁边滑翔,一下子飞离了行星表面。当这个喷嚏的作用力消失时,我们已经处于行星的边界之外了,离它不远,但已经到了足够安全的距离,可以再次自由地降落(能够抵御大球的吸引力),我们安全地躲过了一劫。我异常清楚地看到了它凹凸不平的、涌动着的、由躯干和臀部交织成的球体表面。看不到四肢,四肢都掩藏在球体内部了,像根茎一样。我也没有发现任何一张脸。喧嚷和哗啦声震耳欲聋,热气蒸腾,恶臭熏得我们几乎丧失了知觉,但现在一切都过去了。球体已经从我们旁边和上方擦肩而过,渐行渐远,看起来又越来越像个球了。

"让我拥抱一下您吧!"我的同伴向我喊道,我们飞向对方,"您干得漂亮。如果不是您……想起来都可怕。但您是怎么做到的呢?"

他的肯定和赞叹是在奉承我,我也同样为劫后余生而颇为感动,危险令我变得高贵和荣耀,但我并不想抢了别人的功劳。

"不是我,多亏了肉虫子。"我说出了实情。

的确,当时是多亏了肉虫子,它在千钧一发之际展开了翅膀,飞进了我的鼻孔,引发了我这个关键的喷嚏，使我们得救。我在这里没有任何贡献。

"它在哪儿呢？"

肉虫子已经消失无踪。它拯救了我们，却功成身退，就像英雄那样。让上帝奖励它吧。我们将会永远把它留在感恩的记忆中。

在那以后，我们对这次可怕的经历评论了很久。我发现，我的同伙对球体情况有所了解。

"那是由一个人开始的。在最中间的位置坐着一个人，所有人都间接地抓着他。离他最近的直接抓住他，这几个人又被十几个人抓住，外层又抓上了几十个人，这些人又拴住了几百人，如此滚雪球一样扩大，可能聚集了上百万人。理论上这没有上限。"

"为什么形成了一个球？"

"因为他们这样向中心靠拢时，没有看到自己在下坠。那些在内层的人看不到，因为无法看到，而那些在外层的人，因为脸冲中间，背对外面，也看不到。除此之外，他们聚集在一起很温暖，他们被这么挤压着，一直处于半昏迷的状态，好像沉浸在某种梦境里。您听到打呼噜声吗？震耳欲聋而后又归于平静。"

慢慢地我们忘记了危险的经历（也忘记了肉虫子）。下坠生涯在单调地持续着。我们还碰到了形形色色的人。有假装成鸟的，不停扇动着胳膊，还发出鸟鸣声,他们确定自己不是在下坠,而是在飞翔。还有人装死。林林总总千奇百怪,恕不一一枚举了。

最终我们跌入雾区。周围变得黑暗而潮湿。我们仅能勉强看见对方的脸,尽管我们近在咫尺。

"是否已经……"我率先小心地猜测着。

"是吧,可能就快了。"

雾气变得浓郁起来。我只能勉强看出他脸庞的轮廓了。

"可能是时候要告别了。"

现在只有他的手在说话,脸的轮廓已消失不见。在脸刚才所在的地方已经变成了混沌一片,跟其他地方一样。因此很难说清,刚才是在什么地方。

四只手,两只我的,紧挨着两只他的——在树枝上。只能看到手腕以上的部分,就像被切断了一样。那根树枝已经枯萎了,就像之前碰到的那位手抱干草如抱纪念品的一样。那是什么时候发生的?

两只手松开了树枝,一只我的,一只他的。两手在空中握到了一起。然后在哪里又分开了。还有在树枝上的两只手。

手已不在,只有树枝了。还有。

还有……还……还……

我的陌生朋友

在街道上那熟悉的喧嚣声中,有一个声音让我无法立刻辨识出来。它比通常的声音要小,也正因为这样才显得不同寻常,更为清晰。这个声音来自附近某处,但我又不知道具体是哪儿。如轻柔的振翅声,如低沉的细语声,时强时弱,就像某个人在努力说服别人一件什么事情,语调低沉却充满热切。

我停了下来,发现了这个声音源自何处。就在这条街道地面上方有一个地下室的窗口,像这样的窗口,从来不会有人往里去看,也很少有人从里面往外看,或许几个月能有那么一次吧,某个人在这黑暗而肮脏的地下室进行短暂的造访时往外张望那么一小会儿,有时甚至是几年才有一个人会这样做。这样的造访并非出于自愿,多是环境所迫,比如不得不来到地下扔个对谁都没有用处的废物或是来投放老鼠药。在长方形的、饱经岁月侵蚀的、年久失修而锈迹斑驳的栅栏后面,某个银蓝色的、有羽毛的活物在拍动着翅膀。我并没有在第一时间认出这是只鸽子，因为通常来说鸽子要么在展翅飞翔，要么在高高的屋顶上驻足，抑或在开放的街道和广场上踱步。在这样的环境下辨识出这是只鸽子让我颇费思量，它出现在这样难以想象的环境里，不像在平常的地方看到它那样顺理成章。

  鸟怎么会出现在地下室呢，那里应该是老鼠的天下，怎么会有鸟呢？过了一会儿我找到了思路，我认为，这就是答案：在旁边不远处也有一个小窗口，遮挡其上的栅栏破了个洞，鸽子在大街的人行道上溜达，走近了这个洞，它或许觉得进到栅栏里有什么好处，于是就进来了。当它确定了自己到了一个不该来的地方之后，又努力想出去，以鸟的方式飞出去。它向光亮处飞去，但撞到的是没洞的那面窗。鸟类的小脑瓜无法想到，自己应该回到先前进来的窗，再小心翼翼地原路"走"出去。现在，不知它与这不可撼动的栅栏搏斗多久了，它一定无法理解，为何自己无论如何也飞不起来，为何自己不停地扑腾也无法脱困。它不断重复这种徒劳的努力，然后在栅栏后停下来，稍息片刻再尝试一次。如此往复，始终无果。因此我才会在看到这一幕之前就听到那种时有时无、时强时弱的振翅声和窸窣声。欲飞——奋力跃起——驱进——振翅，它在栅栏后面抗争着，然后收起翅膀——沮丧地停下——翎羽低垂，片刻后再次振翅，发起又一次行动。

我清楚地知道，此后鸽子肯定不会放弃一次又一次的徒劳努力。显而易见，它并没有被赋予理解的能力，不懂得从实践中汲取经验，也不会去质疑。能让它停下来的只有疲惫。我知道，鸟不是人。如果我处于它的位置，像它一样行动的话，就可以被描绘为克服自我怀疑的英雄主义了，在令人绝望的条件下依然怀有着胜利的希望，可以把我称为英雄或是傻子。但无法这样称呼它，因为它不是人。这是我这个比鸟脑大得多的人脑里所知道的一切，我同样知道，不管我们的脑容量有多大差别，现在我处于自由中，它却身陷牢笼。这完全是出于偶然，而不取决于我人类的智慧。这意味着，我带着我的智慧处于栅栏之后，而被我同类的智慧所禁锢住的情况也可以发生，而且总是可以发生。此时我与这只鸟又会有什么差别呢？

同时，生活周围布满了各种大路和小径，并不担心谁被囚禁。一切都将继续，直到它开始疲累欲死，直到它已经力尽而亡。阳光普照，孩子吃着奶油冰激凌，某人搬着梯子，狗嗅着树，树发了芽，这是开花的季节。太阳自行其是，孩子自行其是，梯子自行其是，狗自行其是，树自行其是。因此也没什么可奇怪的，鸽子也自行其是，它不也是独自行事吗？只是，鸽子自行其是与其他所有自行其是者的共同本性不同，后者都没有受难，而只有鸽子在忍受折磨。这一事件与在完美的、和谐的相邻环境中所发生的一切事件存在着同时性、平行性，就好像这种共生关系是自然而然的，实际却不是这样，充满了违和感。本不该如此，现实偏偏就是如此。

在这种情况下，鸽子能够指望什么，能指望谁呢？只能指望我。太阳、梯子还有冰激凌显然都不行。只能指望我带给它帮助。鸽子不会意识到这个，而我，不管想还是不想，我都非常清楚它和我的处境，不管面对自己还是面对鸽子，我都无法假装自己没在这里。然而为了去帮助它，我需要进入到一座陌生的建筑中，找到地下室的主人，说服他解救鸽子。

这事可麻烦了。我要去敲谁家门呢？在我找到那隐蔽工事的主人之前，还得多少次向那些一脸茫然、不情不愿打开房门的人解释我的来意呢？那位正主也很有可能同样吃惊而不情愿。怎样才能说服他放下自己手头的事，要他拿着钥匙，下楼来到地下室，打开小门——所有的一切都只是为了某只鸽子的事。他们肯定疑窦丛生，不会信任我而将我看做疯子。很难期望这栋房子里，以及大多数房子里居住着鸽子爱好者或者哪怕是带有超常想象力的人，会欣然接受我给他们日常生活中带来的这个非同寻常的事件，而没有任何怀疑、困扰和阻力，当然就更不用指望他们因此而喜欢我了。

我环顾四周，希冀有谁能帮帮我。因为必须有所行动了。洞察力，仅仅有洞察力是远远不够的，如果没有人伸出援助之手，鸽子的窘境无法改变。不管是我，还是别人，结果都一样。我更愿仅仅满足于自己的洞察力，而把行动让给别人，让给某位既有洞察力又有行动力的人物。可惜任何这样的人我都没看到。与此同时，行动的必要性就摆在面前，必须要做点什么才行。

但是，这么做到底又有什么意义呢？我们时常在排水沟中看到鸽子的尸体，它们因为各种原因或早或晚死去，而且也不只是鸽子，所有生物都难逃一死。这只鸽子是现在死在这里，还是晚些时候死在别处，其实结果都一样。整个自然界不就是依据着这样的规则运转吗？有生有死，生生不息。令人难以置信的数以十亿计的不同生物能够在任何一刻死去，长此以往，但世界上没有了它们，生物总量既没有减少，也没有增多。难道不应该这样看吗，我这样说吧，不管是从全球化还是世俗化角度来说，站在这里岂不是浪费时间？时间总是有的，但对于某人从来就没有，意思是说，我从来没有时间，因为我总是很忙，整天奔波劳碌，而这只鸟的悲剧让我驻足下来实属偶然，我本可以走另一条路或者其他时间经过这里。悲剧？我们不要夸张，世界就是这样，生命原本如此。没必要小题大做,大惊小怪。

我感觉到,当我从那些渺小的、狭隘的、多愁善感、确实可笑的反应中抽身出来后,我被更宽广的视野所笼罩。我变得目光如炬,高瞻远瞩,具备了整体化的、全球化的思维,并能够进行宏观的总结,我开始轻松起来——因为可以释怀了——我离开了这个几乎令我陷入琐碎和卑贱的地方。为了让我的高层次论调具有伟大诗人的权威支撑,我在精神上引用了这几句:

就让受伤的麋鹿疼痛地嘶吼吧,
请相信它在康复后会穿越森林。
他不睡,是为了别人能够入睡。
这都是司空见惯的常事。

是的,这都是司空见惯的。有谁见过不死的鸽子?

当我这样离开时,我碰到了一位身穿黑色大衣,头戴黑色礼帽的行人。他与我擦肩而过时,眯起一只眼,对我眨了眨。我惊奇地看向他,因为我根本不认识这个人,他这样友好而随便的举止令我很诧异。难道他认识我,尽管我不认识他?还是说我认识他,只是没有认出来?但他并没有回头,继续向前走了,如果是我的某个熟人,我又没能在第一时间认出来,他该看着我,期待我对他的挤眉弄眼有所反应。因为他对我挤眼的样子就如同我们是亲密的朋友，甚至像是我们共同经历过只有我和他两人的事情，某件秘密的、不为外界所知的事情，只有我们两人心知肚明，被共同的利益所绑定。但是，他在我眼前径直走了过去，头也没回。

我站在那里，望向他的背影，努力试图解开这个谜。这时我注意到，他穿的鞋很奇怪，他没有人类的脚，取而代之的是一副蹄子，大衣下面露出了毛茸茸的黑色尾巴。

猴子和将军

我们的将军享誉全球,哪怕是在黄种人和黑人民族里也同样出名,那些民族虽然有着奇怪的肤色,但他们的思想却是正确而进步的,因此也是我们的兄弟民族。我们喜欢他们,会给他们各种馈赠,他们也有回馈。最近,我们送了一座制糖厂和一整套化学工业设备,礼尚往来,他们回赠了一只猴子。

在一场电视转播的盛大宴会上,他们的大使亲手将猴子交给了我们的将军。将军对猴子谈不上喜欢,也并不厌恶,但在讲话中还是表达了他的欢喜之情,好像深受感动。要知道,不这样说就不合时宜了。将军还说:"我以民族的名义表示感谢,猴子对我们非常有帮助。"需要承认的是,这只猴子本身还是漂亮而强壮的,如果就猴子本身来说,的确是不错的猴子。只是不知道,之后该怎么处置它。

最简单的办法就是把它送到动物园去,用于教育我们的年轻人。年轻人通过观看猴子,可以认知遥远的国家，扩展自己的视野。将军也同意这样做，他是出了名的关心年轻人成长。可这只猴子是来自兄弟民族的馈赠，又是在正式的、最高级别的场合进行的移交，绝不能从外交部门转到教育部门，这样的规格是不够的。除此之外，猴子，尤其是国外的猴子，它必须进食，而在我们的动物园里，食物会出现各种状况。看守人通常很贪婪，不仅吃掉配给狮子的土豆，有时甚至会连狮子也吃掉，尽管狮子已经骨瘦如柴，营养不良还散发着猫科动物的臭味儿。这次来了个新的，还是只肥硕的猴子，他们对这种诱惑又能抵抗多久呢？

当然也可以往动物园派一两个步兵连，甚至派一支装甲部队来守卫，以确保猴子不会受到任何伤害。但是我们的军队，尽管数量很大，任务却不少，需要派遣的地方很多，哪怕是算上来自联盟国家的援助，这一计划也要等到我们军事力量增强，防卫能力的进一步巩固之后才可实施。当然，一定会等到这么一天的，我们的军事力量无疑会越来越强，可安置猴子的事却是迫在眉睫，刻不容缓。将军不得不亲自把任务揽过来，尽管将军是个不喜欢新事物的人，每个新事物都会带来某种混乱，而将军受不了混乱，但将军还是毅然决定，将猴子养在自己位于市中心的家中，那儿既有守卫也有食物。

猴子在地堡的左翼得到了一个房间，非常干净，就像将军家里别处那样一尘不染。房间里有一张又硬又窄的小床,将军是个真正的军人,在他这里不要奢望天鹅绒般的舒适。为了让猴子不浪费时间,能不断地自学,继续深造,书架上还摆着收集来的这个思想、那个主义的经典著作。还给猴子配了裤子,因为将军是比较害羞的,没有什么能像帝国主义和身体的某些部位(哪怕是猴子的)那样,能给将军带来严重的伤害。只是在猴子学会如何穿脱裤子之前,还是有些麻烦。很遗憾,裤子还是必须要脱的,就算是将军也无法让猴子完全不需要解决自然的生理需要。猴子是蠢笨的,直到为它从特殊部门请来了两位教育家,加上有效的科学手段——手势,才终于让猴子有了进步。它甚至学会了系扣子,尽管手有些颤抖。

猴子依然还是猴子,不管它穿没穿裤子都一样,它会东蹿西跳,扮各种鬼脸,就是无法在一个地方老老实实地坐下来,这非常干扰将军,将军喜欢人们能乖乖地坐在一个地方。他又担心对猴子处置不当会引起国际纠纷。送给我们这只猴子的民族可是兄弟民族啊,可能会询问关于猴子的事,这种复杂情况当然最好避免。因此他向"顾问"征求意见,这个"顾问"也就是大国的代表。大国同样是兄弟民族,尽管并不依赖于我们,我们之间近在咫尺,甚至都不需要从我们这里走出去就已经在他们国家了,也不需要从他们那里走出去就已踏足我国。这个大国爱戴自己的将军,也就是我们的将军,如同自己爱自己,对他的呵护无微不至。将军向"顾问"倾诉了自己的苦恼,"顾问"解答道:

"我们首先冷眼旁观,看看情况。看过之后,我们就给猴子颁发一个奖章。然后再颁发第二个,比第一个更大的。之后第三个,比第二个更大的,以此类推。当猴子得到大概三四十个奖章之后,猴子就会出汗,因为我们这里的奖章是用真金做的,挂在脖子上很重。一旦它出汗,就会感冒,开始打喷嚏。一旦开始打喷嚏,我们就邀它到我国来治疗。因为我国的疗养院是世界闻名的,我们的医疗服务也相当不错。除了在我国,这么好的疗养院哪儿都找不到,甚至在你们国家也没有。此时,猴子将接受检查,然后是治疗,最后我们为它举行一流的葬礼。治疗和葬礼的费用都由我们支付,将会是最高规格的,没有人能够挑出一点瑕疵。因此,只要有点耐心就行了,这种方式经过检验证明是极其可靠的,我看这问题就迎刃而解了,只是时间的问题而已,我们有足够的时间。"

将军表达了谢意,他是个有礼貌的人,尤其面对"顾问"时更是如此。从此之后,将军对猴子的恶作剧就能泰然处之了。他确定,只要不对它实施制裁,猴子会一直折腾不休。

但猴子也有它好的一面,尽管并不是将军所希望的。在将军的地堡召开的会议非常沉闷无聊,以至于猴子制造出来的一些娱乐在暗地里颇受某些上校的欢迎。当将军从纸上读出自己的思想时,为了能抓住其精髓,上校们会将自己的目光仰视,因为这些思想应该是崇高的,俯视地面去寻找一定是白费力,甚至是大不敬的。此时他们就会看到天花板之下,吊在灯上荡秋千的猴子,那副面孔令人忍俊不禁。只有一位姓卡什塔内克的上校,一直没有搞明白猴子就是只猴子而已,他把猴子当成了一位上校,一位至今他还不认识的上校,他想不起来之前曾在上校圈子里见过此君。他猜想,吊在灯上的这位是特殊事务助理吧,是位秘密的便衣吧?这引起了他的极度重视。"那位到底是谁?"他对妻子倾诉着自己的惊讶。"他从来没有说过一句话,只是听别人说。他充满着警惕性,看起来是位真正的战略家。他一定知道些什么,因此一言不发。你看,他只是离得远远地悄悄做事,远远地。也不知道事情会怎么发展,谁又跟谁成了一伙,这些到底是怎么回事。但我有敏锐的政治嗅觉,我将一直支持他,吊在灯上的那位。我一定会得到好处的。"卡什塔内克这样对妻子说道。在总参谋部的会议上,他冲猴子谄媚地微笑,甚至有一次壮起胆向猴子会意地眨眼睛。然而猴子对他视而不见，令他十分郁闷。猴子爱上了来自宣传部门的那位多林斯基上尉。它用手爪向上尉做飞吻动作，还坐在上尉的膝盖上，引起所有同事的哄堂大笑。鬼知道，它看上了多林斯基什么，是戴着的眼镜，还是下垂的双耳？也许正是这双耳朵，看起来就像蝙蝠的耳朵，让它想起了家乡的森林，众所周知，那里充满各种丑陋之物，其中当然也有蝙蝠。但也有可能，它认为卡什塔内克是个傻子，而多林斯基更聪慧。

就像前面提到的，将军喜欢干净，不仅是指身体上，还有精神上的。他曾下发命令，每个士兵每年都必须刷两次牙，被处罚的连队要刷三次。他个人也严谨地注意着清洁卫生，频繁洗手，还用酒精擦手，连身边的副官都感到可惜，浪费了那么多酒精。如果只是涉及手，那还容易处理，但要保持身体其他部位的清洁就难多了。因为将军不喜欢与自己的军服分开，连洗澡也要穿着。是的，我们的将军和军服是一体的，就像他来到这个世界时就是穿着军服的。他把带有肩章的制服当睡衣，戴着将军帽睡觉，虽然很僵硬，但他从不摘帽子。只有洗澡时他必须摘掉，这不仅是从实践的方便性上考虑，出于对制服的尊重也迫使他必须这样做。在每位军事家的生活中，如果他是讲卫生的人，就必须面临魂断神伤的一刻，就是军服离开身体，被挂在椅子上休息，身体躺入浴缸中的那段时间。军服对于军事家的身体，就如同灵魂对于其他每个人的身体那样重要，因此那个时刻对于军事家来说就是魂飞魄散。普通人只会死一次，但军事家洗多少次澡就会死多少次。

有一次，将军洗澡前把军服叠整齐，搭在椅子上，没想到军服被猴子偷走了。将军的肉体从浴缸中出来，处于行尸走肉的状态，他想复活，也就是穿回军服。他来到椅子旁，发现军服不见了。将军身经百战，亲眼见证过各种死亡，从未害怕过，现在却陷入了极度恐惧之中。将军跑了出来，但这是将军吗？这个光溜溜的人还是将军吗？怎么才能辨别出这就是将军？毕竟在将军的身体上没有一丁点儿标识。这位从浴室中跑出来的将军或者说非将军，环视四周，看到了猴子，这家伙正穿着他的军服。将军喊着，跑向猴子，试图把军服从它身上抢回来。猴子撒腿就跑，穿过走廊，将军（非将军）在后面紧追不舍。猴子跑向总参谋部，这里有卫兵。

"抓住它，抓住它！"将军给卫兵下命令，却忘记了自己是赤身裸体的。卫兵目瞪口呆，不知道该怎么做。在将军（非将军）身上没有任何将军特征，而猴子身上却有。卫兵手足无措，以往的操练从来没有涉及过这样的问题。裸体的将军是否还是将军？穿将军服的猴子还是猴子吗？对于这些简单的人来说，这个问题太复杂了。就算是那些在培养杰出仆人的学校里工作的哲学家们代替这些粗鲁的人担当卫兵的话，也会是一筹莫展。这位湿漉漉的将军（？）飞奔着、叫喊着，暴露着私处，虽然那里很小，但也无法逃离狙击手犀利的目光。穿着军服，全身干爽的猴子（？）飞奔着，受惊地尖叫着。越来越多的门被打开，吵闹声吸引着参谋官们从门内望出去。从守卫室里跑出来的援兵也在楼梯上踏步跑着。一言以蔽之，鸡飞狗跳，这正是将军最不喜欢的。

终于，解决办法出现了。那天当值的卫兵首领是卡什塔内克，那位在妻子面前夸耀的仁兄，他认为自己闻弦音而知雅意。我们要记得，他是唯一一位蠢到从未搞清猴子就是猴子的上校。因此当他看到穿着将军服的猴子时，立刻就相信，自己的揣测得到了验证，在将军的位置上出现了人事变动。他决定立刻适应新局面，服从新领导。不然，还能怎么做呢？领导就是领导，既然现任领导换了一位，卡什塔内克这样觉得。他猛地向猴子敬了个礼，然后转身，指着一丝不挂的将军向卫兵喊道："抓住他！"

守卫们终于松了一口气，终于可以结束他们的彷徨了，于是兴高采烈地向赤身裸体的人扑去，擒住他的脖子，把他拖到倒台的领导人通常该去的地方，也就是在学校的教科书上被谨慎地称为"历史的垃圾桶"的地方。

当爱戴我们的兄弟国家的"顾问"得知了此事之后勃然大怒，敦促立刻拯救被拖走的那个人，为其恢复名誉。可惜为时已晚，这位至今不仅无法恢复名誉，甚至连清醒的神志都无法恢复了。殷勤有加的卡什塔内克亲手努力挽救过，但这位愚蠢的上校明显是眼高手低，尽管他想要做好。

当发现将军已经无法使用时，卡什塔内克被拉出去枪毙了。我们开始寻找能够顶替将军的人，但很遗憾没有找到。这并不奇怪，能坐上我们将军位置的人必须是前无古人、后无来者的。现在，除了批准猴子坐上将军的位置，别无其他选择了。毕竟我们必须要有个将军。

我们又生活在新将军的领导下。但是说实话，我们感觉跟以前也没什么两样。

艰难的生活

乓①扔掉已经不需要的狼牙棒。

"这真是人类的幸运,"他一边啃着乓的颅骨一边说道,"这颅骨真好吃,我觉得太幸福了,是我在啃乓的颅骨,而不是它啃我的。我们验证了黄金时代的预言。"

"乓会对此说什么呢?"抗骨儿表达道,它是蘑菇和诺贝尔遗传学奖获得者共同繁育出来的儿子。最近的一次世界大战导致人类濒临灭绝,没有足够的人来繁衍后代,只有专家们懂得如何用低级物种替代与人类进行杂交繁殖。抗骨儿小心翼翼地表达着自己的想法,这意味着它躲在灌木丛的后面,与全副武装的乓保持着相当的距离。

"这是理想主义者的错误,"乓边吮吸着颅骨边说,"错误在于,他们把人看作是抽象的质量,忘记了单独

---

① 此处的"乓",和后面的"乓"和"抗骨儿"对应着波兰语的原文"Bing","Bong","Kongoor",都不是已知的人类名字,是作者杜撰的原始野蛮人的名字。

个体的必死性，比如乓。因此乓现在没什么可说的。然而从严格意义上来说，这又不是错误，因为人就是个抽象质量。"

"然而人类却可以只被一个个体所要求，比如被你。"抗骨儿坚持道。

"也就是说一切都正常，"乓总结道，同时他也享用完了乓颅骨上的最后一小块肉，"我活着，我要求。"

说罢，他打了个嗝，更认真地看向抗骨儿，更精准地对着抗骨儿所藏身的灌木丛说道："也许你最终可以从那里走出来？我不喜欢交谈时看不到对方的脸。"

"我没有脸，只有口鼻，"抗骨儿谦虚地说，"而且由于辐射变异的结果，它与任何目前已知的口鼻都不同。"

"这就更有趣了，"乓接受了这个说法，"变革与进化，这是我一直感兴趣的。你爸爸是这个领域的专家，我很想近点仔细看看你。"

"我从这里看你够清楚了，"抗骨儿坚持道，"从菌类这边我继承了对森林宁静的喜好，不喜欢到开放的空间里，而从诺贝尔获奖者那边我继承了基本的智慧。"

"主观主义！"乓对他斥责道，"你把我当成了物体，拒绝我的主观性，不顾及道德的基本前提，不把我视为平等的个体。"

"我并没有呀，正因为这样我才不愿从灌木丛中走出来。"抗骨儿激愤地说。

"好吧，那我马上到你那儿去。"乒拎起狼牙棒，叫喊着，向灌木丛方向飞奔过去。抗骨儿撒腿就逃。可惜，它的下半身继承自蘑菇，而且只有一条粗腿，而乒有两条正常的腿。逃跑没能坚持多久。

乒坐在它身上一动不动，持续了一会儿之后，乒陷入了沉思。

"现在怎么样？"抗骨儿问，"我不想干扰你，但我确实想知道，你要对我做什么？"

"我想把你做成汤，但是我不知道，将会是蘑菇汤呢，还是诺贝尔汤。"

"啊，如果是这样，我向你透露一下我家族的一个秘密。我妈妈不是来自蘑菇家族的。"

"什么？"乒惊讶。

"是蛤蟆菌。"

"你爸爸与蛤蟆菌杂交？"

"他是基因学专家，却不熟悉蘑菇。除此之外，我也抵触被低俗地界定。"

"要知道蛤蟆菌是有毒的呀。"

"只有用于烹饪美食时才是，比如煲汤。"

"突然之间一切变得复杂起来，"乒感慨地喊，"我还以为，我们生活在黄金时代呢！"

"也许我们还需等待些时日才能迎来乌托邦的实现。"抗骨儿哀伤地安慰他。

然而艾莱克谢伊·俄式茶壶氏有着不同的观点，他是直率的红军战士和俄国式茶壶的后代。他遥远的祖先——尽管没有任何实验室，只是运用最简单的工具，没有经过任何特殊的培养教育，却被灌输了科学的世界观、无穷尽的活力和热情——在靠近中国边境的卫戍部队的舒适营房中完成了比制造出抗骨儿困难得多的实验。

目前这位艾莱克谢伊·俄式茶壶氏，半个战士半个俄式茶壶的综合体，走近了抗骨儿和坐在抗骨儿身上的乓。

"也许可以来点茶？"抗骨儿向乓建议道，他注意到了俄式茶壶氏与俄式茶壶的相似性，"尽管这不是汤，但口感总还是热的。"

"没有茶。"艾莱克谢伊·俄式茶壶氏坚定地声明，同时将抗骨儿从乓的束缚中解救出来，还把乓从抗骨儿身上拉开。这一切就像自动发生的一样，因为艾莱克谢伊·俄式茶壶氏携带着全面解放的基因，它毕竟还是不可战胜的红军的后代。它祖先的祖国的一切都是最大的，因此它俄式茶壶的部分也大如火车头。谁也无法阻止它解放的力量。

"他妈的滚蛋吧!"他向躺着的两位建议,并起身奔向西方。因为它绕着地球向西方旋转而去,它身上也有着返祖现象。

"我们回到刚才被打断了的话题吧,"抗骨儿说道,他努力把散落在灌木丛中的唯一一条腿的各个部分重新整合起来,并将之固定到躯干上,"你怎么决定的?"

"我受够了与这些变异的家伙打交道。"乒含混不清地回答,狼牙棒卡住了他的喉咙。然后他四条腿着地匆匆离开了事件发生的舞台。他很可能是去找寻纯粹的、不带有任何其他杂交基因的人类,如同他自己或者死去的乓一样的人类。

共 存

教区神父在家中遇到了魔鬼。魔鬼头戴红色的骑马帽，坐在桌子旁，严肃地看着人——神父此时的身份。因为魔鬼与人相反，它心无旁骛。它不会有善与恶的纠结，它完全只奉献给恶，它不会左右为难，这使它在任何情况下都可以集中精力地行动。

这次接触发生在黄昏，当神父完成了一天的神职工作回到家中之时。他看到魔鬼后，不禁发出一声叹息，如同一个伐木工人在森林里砍了一天松树，晚上回来却看到家里长出了一棵橡树。

然而他的人生经验和教育经历让他明白，魔鬼会一成不变地存在，它不受各种变化的影响，不论时局兴衰，不论潮起潮落，不管你工作还是休息，沉睡还是清醒。因此神父还不至于如伐木工人那样地吃惊，只是在这里适当地将他与伐木工人相比较，来表现他加倍的劳累。

"有何贵干？"神父简短地问道，不是很热情。

"不为什么，只是我就在这儿。"魔鬼回答道。神父脑子里闪过所有关于魔性的解释、所有可能发生的符合魔鬼天性的投机牟利行为以及驱魔手段。他不由自主地权衡着目前的情况，这次又要用另一种方式来驱走这个恶魔。恶魔太多了，神父在辛劳了一天之后已经感到筋疲力尽，不想再下决定采取什么行动了。他甚至已经想说："那你就这样待着吧！"但是他欲言又止，因为他考虑到就这样纵容恶的存在是不应该的。

"我理解，"恶魔说道，"您不必担心，我不会烦你，我既不会诱惑你，也不会使用什么阴谋诡计，我只是坐坐，别无其他。"

"他当然在撒谎，"神父想道，"撒谎是他的天性。应该把他驱走。如果他只是想坐坐，别无其他企图，那它为何恰恰要坐在我这里，而不选择别处？但是先让我把鞋脱了吧，换上拖鞋。如果我还年轻的话……但岁月不饶人，我已经不像以前那样行动敏捷了。"

神父脱了鞋，穿上拖鞋去煮茶，同时用眼角的余光观察着魔鬼。这个魔鬼还真的信守诺言，一言不发，谦顺地坐着，甚至都没有把帽子摘下来，看起来它并不像在自己家里一样放松，也根本没有任何像我们所熟悉的恶魔那样做出什么积极和大胆的举动。

神父喝了茶，拿起了一本内容毫无争议的书，他并不是很想看书，只是为了拖延时间而已。但由此，他感到本就强撑在眼珠上方的眼皮愈发沉重了。当瞌睡变为半寐状态，神父看到魔鬼毫无变化，依然礼貌地坐在桌子边，仿佛在远处。"奇怪，他真的没有干扰我。可它应该对我有所图谋，即使假设它暂时不想得到任何东西，也是暗怀鬼胎，应该不会让我清静的。在魔鬼面前，再多的机敏都永远不够用。我应该去对付它，但是再过一会儿吧，等我休息好的时候就动手。"

"你还在这里？"神父再次从瞌睡中醒来时问道。魔鬼只是点点头表示确认。它显然是一直在这里，而且这一点完全不需要用言语来确认。它依旧谦恭地坐着，就像在候车厅，就像意味着在这个它所处的空间里毫无所图，它甚至没有摘掉那顶滑稽的红色帽子。"它没有攻击性，"神父想道，"如果它想使坏，总还是会有足够的时间来阻止的，而且除此之外……"神父想用这种方式来摆脱某种良心谴责，"——它如果在我这里，就意味着它没在别人那里。它将干扰的是我，它在我的眼皮底下，只要它在我这儿，就不会干扰其他人，也不会到别的没有魔鬼的地方。因此让它留在这里要比驱逐它好些，要是把它赶到别人那里，还不知会造成什么伤害。就让它坐在那里吧，如果说在这件事上谁会有所损失的话，也只能是它自己。"

就这样，神父安然地躺下入睡了，与魔鬼共度了第一个夜晚。黎明时分，当神父醒来，魔鬼依然坐在桌旁，依旧带着那顶红色的小丑帽子，毫无改变。魔鬼不会感到疲惫，也不需要休息。神父感到奇怪，有魔鬼在场的情况下他竟然如往常一样睡得很沉，还没有做噩梦。

当神父离开家去做早弥撒时，魔鬼目送他到门口，没有起身。晚上当神父回家时，它又用同样的眼神欢迎神父归来，就像一只忠实而有教养的狗，而将它与狗进行比较的话，好处就是不需要照顾，也无须付出什么。神父记起了昨天想把它驱逐的决定，但同时也想到昨天没有驱逐它的理由。"他没对我做任何事，那我也就按兵不动。在我这里它是没有伤害性的。如果它必须是什么样的话，就让它是毫无行动的吧。在我这里，它不会伤害我，总比它从这里离开去伤害人们要好。就让它对我下手，到时让它尝尝我的驱魔手段！"

但魔鬼并没有做这种尝试。它避免着与房子主人的任何冲突，哪怕是最小的冲突。它所有的需要只不过是一个桌边的位置。

当你不问它时，它不会说话，神父也不问它任何话。无言换沉默。也许看起来有点奇怪，神父没有利用这个机会，从直接的、应酬性的对话中得到些关于对手的信息。他是否不想与魔鬼进行任何讨论,他是否记着不应该与魔鬼进行讨论?一定是的。他知道,魔鬼就等着他开口讨论呢。要知道为何神父从开始就想把它逐走,就是因为他担心,魔鬼来就是想要引他交谈。而后来他允许它留下来也仅仅是因为魔鬼不说话。因此他应该在一旁,不去触发魔鬼并没有开启的交谈。另外,神父已经不是年轻人了,他的好奇心也没有那么强。尤其是与为满足好奇心所需要付出的努力相比,即使是在基本的好感都不存在的情况下,他也不会付出这种努力。他满身疲惫地回到家,魔鬼还在自己的位置上坐着,他们沉默以对。神父睡觉,魔鬼静坐,相处得蛮和谐。

某一天,大主教来视察教区。发现教堂运转良好,教牧工作也可圈可点,不枉神父从早忙到晚。回到家时他已经如此疲惫,以至于根本没注意魔鬼的去向。

"我们还想再看一看神父家。"大主教最后说。

神父意识到大主教会在他家看到那位家庭成员时,他感到极其惶恐,但又无法拒绝。他确信,一切都完了,这一定会是不可避免的丑闻,无尽的耻辱和难以估量的不幸,他同时咒骂着魔鬼、咒骂自己的轻率,为什么没有在第一天就把它从家里赶走,为什么拖延至今,在等什么呢!他打开了家门。出乎意料而又令他感到宽慰的是,家里空无一人,魔鬼消失了。这一刻,神父无法抑制地对魔鬼产生了感激之情,尽管他非常清楚,这种感情是非常不明智的、令人羞耻和不合时宜的。魔鬼就是魔鬼,但当需要时,它行事厚道并充满友情。

大主教环顾房间,就在他该赞扬独居神父简朴的家时,他注意到了魔鬼留在桌子上的那顶红色的骑马帽。主教无声地用眼神向神父提出了质疑,因为他对受人尊重的教区精神庇护者使用如此不严肃、如此可笑的东西来遮盖脑袋感到不解,这太荒诞,太不该了。

"这……这是我侄子的。他有时会来拜访我。"神父撒谎道。假如他说这帽子是属于他的,那也同样是撒谎。

大主教表示理解地点了点头,他对整个视察工作表示总体满意。对后面的部分他也感到很满意,然后就离开了。当家中只剩下神父一个人时,魔鬼从它一直藏身的柜子里钻了出来。它走近神父,狰狞的胜利之笑扭曲了它的嘴。

"叔叔!"它高兴地叫道,张开双臂。

不要这样做

我在报纸上读到,人造卫星在我们上空飞行着。用我们的肉眼,甚至是望远镜都无法看到它们,因为它们在宇宙中飞行。但它们可以看到一切。不仅如此,它们还在拍摄地球上的一切,而且非常清晰,不管是横向还是纵向的,凡是大于半米以上的一切事物都会在照片上清晰地呈现出来,就如同堂兄在命名日或婚礼上给我们拍的照片一样。

"没什么可担心的,我的嘴小于半米长。"我暗自想着。

我开始关注此事。我的嘴有可能因为骨膜的原因而膨胀,或者,上帝保佑千万别发生,谁将我的嘴打豁,那时我将会被照下来。

还好,我的齿列依然完好,暂时也没人打我。然而,某天早晨,我打开报纸,得知卫星技术发展了,现在甚至可以拍到小于半米而大于三十厘米的事物了。

"这糟了,"我想到,"我需要至少一周刮一次胡子了,不然恐怕会在照片上看起来异常丑陋。"

我不喜欢刮胡子，但我还是有荣誉感的，因此每周刮一次或者两次胡子，尤其是在出门进城的时候。

然而不久后媒体又报道说，技术又向前发展了，现在已经可以拍摄巨细无遗的一切事物。为了跟上技术发展的速度，我必须每天都刮胡子。又要买新的领带，这可是计划外的开销。鞋我也擦得锃亮，总体来说，我需要每日都注意外表，而不能再像以前那样仅仅在星期天才打扮一番。只是我用于剃须刀和鞋油的花费就高达技术发展前的七倍。

当我要提交退休申请时，要求附上照片。我想：如果他们手边就有我的照片的话，我为什么要去照相馆花钱拍照呢，又要多一笔开销。因此，我给联合国写了封信，请他们给我寄一张过来。我觉得至少应该有一张属于我的吧。不是吗？

然而没有答复。我左等右等，毫无音讯。而这边，已经到了提交申请的最后期限，再晚我就无法退休了。

我去了照相馆，自己掏钱照了相，交了申请。然后我坐上有轨电车，一直坐到了最后一站。从那里又步行了很久，直到置身于空旷的田野。我环顾四周，没有一个活人，只有几头牛，但也离我很远。我脱下裤子，将屁股撅向天空。

让它们知道一下，我对它们的感受。

我们的动物和其它动物

在革命获得胜利之后，为了响应普及文化的号召，我们的小镇建立了一座动物园。园里有一只老虎、一只猴子和一条蛇。

老虎得到牛肉作为食物，蛇有兔子吃，而猴子要吃香蕉。

牛肉和兔子在当地就有出产，香蕉要从省级大城市搞到。

在计划经济框架下，全国正处于过渡性困难时期。现在牛肉也要从省级大城市运来，只有兔子还能就地获得，而香蕉就得不断地专门从首都护送过来。

而我们这些动物园的工作人员，还有老婆和孩子要养。因此老虎改吃黑香肠，蛇吃青蛙，猴子就喂酸黄瓜。牛肉是我们周日配鸡汤的主菜，兔子成为平日的菜肴，而一公斤香蕉可以给孩子们买两双新鞋。

老虎已经习惯了，尽管它已经变秃，蛇吃什么都无所谓，但是猴子死了。没人知道为什么它会死，酸黄瓜毕竟也是素食呀。

"先生们,"我们的总经理说道,"老虎那里没问题,只要换一下笼子前的牌子,把原来的'孟加拉虎'替换为'常见的秃毛孟加拉虎'就行了。但是猴子就不好办了。如果我们上报领导说猴子死了,香蕉就会断供。"

"也许他们会发来一只新的?"

"也会死的。"

最后我们商定,把猴子的皮剥下来,由我们中的一个披上猴皮扮猴子,在笼子里值班。这项任务落到了我身上,因为我身材最瘦小。

第一天还算顺利,尽管要一直在人造树上爬上爬下,把我累得够呛。不过,既然老虎都能够习惯吃黑香肠,那我也该能适应扮猴子。但是众所周知,人们喜欢刺激动物,尤其喜欢挑逗猴子。

因此,当一个胖子嘲笑我,向我扔纸片时,我没有接到,就大声吼道:

"先生,快给我滚蛋!"

这件事引起了巨大轰动,猴子竟然可以像人一样说话。总经理挽救了这场危机。他给首都写信,"在我们这里证实了人类进化学说的正确性,由此也断定了科学世界观云云",他将贡献归功于精心照顾动物的工作人员及科学的喂养方法，这些原因加速了猴子的进化发展。他还要求，为了能让猴子再进化，需要为它提供双倍的香蕉。

批复下来了，科学院将对这只猴子展开研究工作，至于香蕉，以优化为目的、在号召节俭的精神指引下，决定取消老虎的牛肉、蛇的兔子和猴子的香蕉配给供应。从现在起，老虎改喂黑香肠，蛇喂青蛙，猴子给它吃些什么素食吧，最好是黄瓜。黄瓜，或者什么素食你们从省级城市获得，青蛙你们尽量在当地解决，黑香肠将从首都专门护送过去。

这使我们很难维持，于是正式通报，猴子死了。其理由是：老虎可以最终吃黄瓜，猴子吃青蛙，但是到时拿什么来喂蛇呢？干脆还是让蛇有青蛙吃，把猴子消灭掉算了。

青蛙也越来越难获得了，供养两个孩子都不够了。

造反者

他在我的对面坐下,尽管我不许他出现在我面前,他滔滔不绝说着,尽管我不许他在他个人问题上发表意见。

"从你来到这个世界起,我就在照顾你。我对此不会有任何异议,如果这就是上天注定的话。但是我只能给你建议,而无法对你提出任何要求、施加任何禁令。你总是随心所欲,想做什么就做什么,你想做的,往往与我的建议背道而驰。"

他深吸气,胸腔鼓胀,呼出一口狂风。狂风把我办公桌上的纸片吹落到地板上。我跪了下来,把纸片一一捡起。而他对这次蓄意破坏的后果感到满意,他说的没错,我无力反抗他。因此,我更愿意不再看向他的脸。

"这还远远不够,我不但必须要做你的顾问,还必须给你当仆人。完全靠你自己的话你就一事无成,因为你太年轻、太虚弱、太无助。所有你得到的一切都只是因为有我。对这一切我本来也可以坦然受之。而你,只是宇宙中的一粒尘埃,对我提出的要求却宽广无垠,你的渴望和雄心比宇宙还大。不管我为你付出了什么,你从未满足过,天地可鉴,我为你做的实在是太多太多了。你就是我力量的寄生虫,是蛀虫,你只是反射我的光芒,一切是我的成果,而不是你凭自己的努力得来的。而你却表现得好像我离了你就活不了一样,而不是你不能没有我。"

他用手掌遮住我的眼睛,黑暗立刻降临。我从跪姿站立起来,因为我两眼一抹黑,无法再去拾起散落的纸片。直到过了一会儿,我恢复了视力,这意味着,他手掌放在我眼睛上的那段时间我一直在沉思,之后他松开手,光明重现。

"为什么更高级的物种要服务于低级物种,这对我来说是个谜。这违背了等级原则——这个世间万物的首要原则,而我们之间的关系是打破这一原则的唯一特例。如果我可以斗胆与最高审判官讨论的话,我将会说,只是因为他自己的某种曲解而造成了这种离经叛道的结果。尽管我比你更胜一筹,却忠实地服务于你。我努力实现你的各种突发奇想,尽管这些想法大多都与你极不相称,更不用提与我是否相称了。我实现着你的期待与梦想,尽管之前就知道这一切除了带来不幸、荒谬和丑陋之外不会有别的结果。我为你提供的资金比你想要的还要多。这一切都因为我是你的仆人。"

他站起来，头穿透了天花板。从上面、从屋顶上、从云端传来他的声音：

"我受够了这样的屈辱，我要从这里离开，这里没有我的位置，我要回到属于我的地方去。你把它叫作'天使'的反抗吧，但不要和那里的第一个抗议相提并论。当时是高层的力量起义反抗最高层，而现在是无法忍受为最底层服务。"

他说完之后就消失了。

我若无其事地走进厨房，为自己煮鸡蛋。吃完又拿起报纸，读着短小的声明，然后放到一边。我打了一个又一个哈欠。最终我走近窗户。我没弄错，他站在街道的对面，望向我的窗户。因此我躺在沙发上，想稍微小寐一会儿，在他回来之前，在一切又重新开始之前。这不是第一次他要永远离开我，我的守护天使，我的恶魔。

因此，我为他感到难过。我不想处于他的境地。

纪念碑

世界精神分析学家大会通过决议，决定为精神分析学创始人——西格蒙德·弗洛伊德建一座纪念碑。最初的方案是用大理石或者青铜制一个真人大小的雕像以及两个有象征意义的女性形象——一个代表"潜意识"，坐在弗洛伊德的左膝盖上，而另一个代表"意识"，坐在右膝盖上。

质疑就由此产生了，弗洛伊德的手该怎么办？右手，当然应该撑着"意识"的头。然而靠近"潜意识"这边的左手应该撑哪里呢，对此出现了意见分歧。

但很快，一件更重要的事情把这个分歧推向了次要位置。这就是在纪念碑的构思上缺少了"超意识"。因为弗洛伊德不能有三条腿，站立的"超意识"就被安放到了弗洛伊德的背后。

然而这样一来，"超意识"就占据了主导地位，尽管从科学上讲是正确的——"超意识"应该超越"意识"和"潜意识"，但这令此设计的批评者们意识到未将"意识"和"潜意识"进行区分是个不可原谅的错误,因为她们两个坐在同等高度的地位上,每人坐在一个膝盖上。

因此又把"潜意识"从弗洛伊德的膝盖移到了他的脚边。

现在,一切都按照应该有的样子就绪了。"潜意识"如她该处的位置一样在最下面,"意识"在她上面,"超意识"在她们两个上面。同时,弗洛伊德的左手应该放在哪里的问题也迎刃而解了。

当举行纪念碑的盛大揭幕仪式时,才发现弗洛伊德的形象看起来是在挠头。这就引发了丑闻,因为这个姿势代表了怀疑,甚至是困惑。

纪念碑立刻又被罩了起来,后来用一块立方体形状的抽象雕塑取而代之。每个人都可以按照自己的意愿去解读这个雕塑,精神分析学也可以毫无障碍地向前发展了。

世界最美的景观

我来到位于山巅湖畔的著名休养胜地,享受我应得的假期。我决定,我要度过一个异常完美的假期,绝不攥紧荷包。但遗憾的是,所有最高档的酒店全部爆满,很快我又发现,连第二档的酒店也都客满。我放弃了最初憧憬的奢侈,又放弃了退而求其次的舒适,来到了三档酒店,只是为了不再听到那千篇一律的回答:没房。

我最终还是来到那家我之前一直回避、非常不愿住的酒店,现在它成为我唯一可以留宿的地方。前台服务员对着登记簿研究了很久,才说道:

"原则上没房。"

"什么叫原则上?"

"意思就是说,没有普通房了,我们只有美景房。"

"那太好了!为什么您不早说呢?"

"因为这是一个带异常美丽景观的房间。"

"那更好呀!"

"因为这个景观异常漂亮,所以房间很贵。"

"多少钱?"

他报出了价格,的确很贵,尤其对于这样一家四流酒店来说。当然我还是毫不犹豫地同意了。

"先付款。"

这并不令我惊奇,这种低档酒店,入住的也是低端客户,所以经营者经常会制定这样的规矩。当然,既没有任何人把我引导到房间,也没人帮我提箱子,这在这样的酒店再正常不过了。我拿到钥匙,自己在走廊的尽头找到了房间。我没有去留意房间内部的布置,因为我也没期望能有多好,而是立刻来到窗边,打开窗帘。发现窗外是黑乎乎的院子,窗户对面是一堵墙,还有几个垃圾箱。

我跑到前台。

"我要立刻跟你们的老板谈谈!"

"我就是老板。"

"这就是漂亮的景观?房间不仅位于底层,而且还朝向院子,还有那些垃圾!"

"先生您往哪儿看的啊?"

"什么往哪儿看,从窗口往外看啊!"

"请您跟我来。"

他走在前面,把我引导进房间。但是没去窗户边,而是站到镜子前面,我之前并没有注意到这里有面镜子。这是一面大镜子，里面照出我们两个人从头到脚的形象。他闪身躲到了一旁，镜子里只剩下我一个人的身影。

"这难道不是美丽景观吗？"他问道。

"我要求退钱！"

"您是第一位投诉的顾客。"

"我要把你告到法院。"

"您一定会败诉的，因为我会提出证词，您的景观是世界上最美的，没有人能够提出证据来证明我想的不对。如果您不这么想，那是您的事情了。这确实让我对您感到奇怪，还有什么能比您自己更漂亮呢？"

他说的有道理。

"那好吧，我住下了。"我说道。

经济奇迹

我成功地来到一个东欧国家,为了利用新的政治形势,得和它建立经济合作关系。

我租了办公场所,挂了一个招牌:

"出口—进口"

我期待着顾客的到来。但没有一个人出现。

我考虑到,鉴于该国国内市场上基本物资匮乏的现状,居民们对进口的兴趣应该大于出口。于是我把招牌的顺序调换为:

"进口—出口"

……把进口放到了第一位。

之后的一段时间没有任何人光顾我的办公室了,我又推想,也许是因为牌子上外文的拼写造成了当地居民的理解困难,我又将字母"X"按照当地语言的拼写方法换成了"KS"。

来了一个年轻人,他声明,我可以把他以适当的价格出口到某个西欧国家,但他最希望去的还是美国。我问他，我应该以什么特征卖点将他出口出去呢，他做出了惊讶的反应。

然后他解释说，以质量特征作为卖点。因为他出生于世界上独一无二的国家，是纯粹的民族产品，先天"自动"就比出生在世界其他任何地方的人更好，因此作为出口商品他将在世界的任何国家受到热烈追捧。当我拒绝他时，他把我所有窗户玻璃都打碎了。

因为之后依旧没有顾客，我决定把招牌变得更具吸引力，至少在视觉上：

E

K

S

I M P O R T

O

R

T

……但还是无济于事。

唯一对我的企业产生过兴趣的是一个破坏者。当我又经过一天的徒劳等待，关闭办公室大门时，我注意到，有人涂掉了出口和进口的字样，以"屁股"两个字取而代之。

心灰意冷之下，我决定注销企业，关门大吉。带着这个决定，我回到了酒店。

当第二天我去办公室准备关门停业时，却从远处就看到，在那个昨天晚上被某位破坏者篡改过的牌子前面排着长长的顾客队伍，他们都在急着等待开门。

我于是改变了决定，最终留了下来。我雇用了员工，扩大了办公室，剩下的只是需要解释，我的经营活动到底是什么。但这就算不上什么问题了，营销专家已经给了我解释。最重要的是，终于有了顾客。

零

坐在我旁边位置那个年轻人的穿着就像战后那段艰难时期的人们那样,特别讲究。但他白皙与光滑的皮肤比他的衣服更引人注目。他就像被特意洗净、漂白、抛光过一样。

幕间休息时,我站到墙角处,在这里受到的人们目光的折磨比在休息大厅的中央少一些。我当时十五岁半,拥有比正常男孩略多的少年烦恼。

他走近我,站到我旁边,但不是很近,同样背靠着墙。

"一出好戏啊?"他搭讪道。

这是我第二次来剧院,也许是人生中的第三次。之前都是学校组织观看演出,这次是我第一次独自来剧院,我同学送了我一张票。我同学和他未婚妻正好有个舞会要参加,就放弃了看戏,他们在售票口退掉了第二张票。我没有未婚妻,尽管我是如此强烈地期望,但我还是个处男。

"很好。"我说道。

"噢,可能不错。"

他扔掉烟头,用脚踩灭。又抽了第二根,又扔掉踩灭。浅奶油色的香烟很长,带着过滤嘴。这样的香烟我只在童年时见过,路德维克舅舅在战争时期来我们这里时抽过。开场的铃声响起,我们又回到了观众席。

在第二幕期间我没有再想着他。再说我那时还无法聚精会神地思考任何事,世界如同一片迷雾,所有的一切都同时纷至沓来。

演出结束,响起了热烈的掌声,我们从座位上站起来。

"我的火车要一点才开,我要找地方吃晚饭,你要想去,我们可以一起去,我请客。"他说道。

我还从来没有下过馆子,就如同我从来没去过塔希提岛一样,所以我非常期待。

"我们去卡萨诺瓦餐厅。"

卡萨诺瓦是克拉科夫当时最时髦的、位于弗劳里安斯卡大街上的一个夜总会。这比塔希提岛对我来说更具诱惑力。

我不记得我们是怎么坐到桌旁的,因为那片迷雾变得金光炫目。我们坐的桌子位于夹层的墙边,他背对墙坐下来。我们可以看到整个大厅,下面是底层,有人在那里跳舞。

"喝点儿伏特加吗？"点完菜之后，侍者问道。

"不。"

侍者俯下身子悄悄地说："我们有巴柴夫斯基牌的。"

在利沃夫这座城市按《雅尔塔协定》被划给苏联之前，巴柴夫斯基是当时利沃夫本地的一个著名公司品牌，这家公司出产的伏特加都是上等佳酿。卡萨诺瓦夜总会当时也还挂着"卡萨诺瓦"的字号，而两年以后，波兰的所有一切都换了名字，它也变成了"劳动人民服务部下属的娱乐活动点"。当时的卡萨诺瓦具有反社会主义的反动元素，因为它背着率先进行私有化的前科。

"不要。"

"我诚意推荐。"

我的同伴一声不吭，把手枪放到了桌子上。侍者立刻消失了。这位同伴又把手枪插回西装上衣里的枪套。

"我不喝酒。"他说道。

乐队奏起了伦巴舞曲（两年后只能演奏华尔兹和捷克舞曲了），漂亮而神秘的女士们与帅气而神秘的男士们翩翩起舞。这可能和在塔希提岛上一样吧。但这把手枪？

"我在俄国甚至都没有喝过酒。"

那静止不动的眼睛比他的白皙的皮肤更引人注目。

夜总会的经理走过来询问是否一切正常，还需要加点什么。紧接着又来了三个侍者为我们服务。至于那个之前建议我们喝巴柴夫斯基的家伙，他的手一直在抖。

"吃吧。"

我吃着，记不清吃的什么了，可能是炸鸡肉卷。而他吃得很少，开始讲述。

他讲他自己的故事，他人生的片段和一些小插曲。内务人民委员部的学校、远离前线执行的跳伞行动、特殊任务，还有他目前的工作。他还讲了些人生感悟，还有与病态现实掺杂在一起的肮脏勾当。这让我有种似曾相识的感觉，就如同前几年，当德国人公布卡廷事件的照片时。这是同样的令人厌恶的迷恋，我虽不想看到，也不想夜夜梦到这些，但却期待着每个星期天出现的《克拉科夫信使报》的插图副刊。塔希提岛这时已经彻底消失了。

他终于停下来，轮到我开始说话了。这是整个碰面过程中我唯一的一次理性的发声：

"先生，您为什么要对我说这一切？"

"因为我从来都没对人讲过，但是我必须讲出来，哪怕就一次。我可以对你讲，因为你是谁呢？"

他用手指轻弹着桌子上的碎屑。

"零。"

厌世者

车厢是空的。我靠窗坐下,翻开书。

从推开的车门传来车轮的隆隆声。一个拎着大箱子的人走了进来。我的注意力又回到书上,因为我并不想结识什么人。丧失孤独感是不小的悲哀。

"您占了我的位置。"

"您的位置?"

"请看一下票。"

我不记得把票塞在哪个口袋里了,哦,终于找到了。

"您票上的位置是34号座位,而这里是39号。"

我挪到了对面的座位上。我不想离开窗口的位置,因为我打算看看风景。

"您的行李。"

"我的行李?"

他指了指行李架。

"啊,您是指我的大衣……"

"根据规定这就是行李,因为它处于被指定放置行李的地方。"

我把大衣从行李架上拿下来。他费劲地将自己的行李箱放到行李架上,同时还教育我说,这一段行李架只能放置39号座位乘客的行李。火车开动了,晃得厉害,我开始看风景。

"先生,您占了38号座位。"

我看了一眼,的确扶手那里有一个写有数字的小铭牌。

"34号在那里。"

他指了指靠门角的位置。

"哪里不是都无所谓吗,反正车厢基本上是空的。"

"涉及原则问题。"

我有两个选择:要么与这个疯子展开公开的冲突,要么屈从于他。不管哪一种,都会让他满意,尽管是两种不同的情况。因此我觉得该离开车厢。

我站起来,此时火车头拖拽着车厢突然加速,我的身体几乎失去了平衡。他头上的箱子滑到了行李架的另一头。我意识到,之后应该还会提速。

我一声不吭地坐到了34号的位置上,这里没有刚才看风景的座位那么舒服,然而却有了更好的视角,可以从对角线的方向来观察这位旅伴头顶的行李。

火车一下子减速，箱子又退到了架子深处。我开始怀疑自己的算计是否正确，本应同样计算上减速的。也许还是离开车厢更好？

"是的，先生。规定总是应该遵守的。"他以胜利者的口吻教育着我。

这令我决定坚持下去。火车最终没有全速行使，但应该还有希望。

我眯起眼睛。除了看书和看风景，旅途中的第三种享受就是打盹了。但我并没有真睡，我这样可以从眯着的眼缝里观察行李架，而又不会引起他的注意，这种便利是不论看书还是看风景都无法具备的。

我的算计看来是正确的，那个箱子不明显地、但是一直坚定地在逐渐向边缘移去。箱子自身的重力是如此善解人意。某个时刻就要来了。

然而我决定最后给他个机会，这不是出于人道主义的觉悟，更不是出于对身边人的感情，而仅仅是出于好奇。

"您觉得自己是规定的忠实拥护者，我能知道这是为什么吗？"

他精神一振，显然这是他喜欢的话题。

"规定，先生，要想有秩序就必须有规定。没有了规定一切都会混乱不堪。"

"那如果这样,我对您有个建议:我们换一下票吧。然后我坐在您的位置上,您坐我的。这样一来我们就不会破坏规定,因为票上并没有写名字,只需要出示证件证明。您认为怎么样?"

他很惊讶,沉默了一会儿。

"可这是为什么呢?"

"因为我喜欢靠窗坐。您呢?"

我等着他回答。如果他答应了,他就获救了。

"但是39号座位是我的!"

"我明白,这就成了操纵。规定这种东西自然不应该被严格地绝对化,但也不意味着我们可以操纵它们。是不是这样?"

"嗯,当然……"

"这表明,您认为规定与定数有一致性。"

"与什么?"

"与定数,与天意。规定消除随意性,也就是意外、无序,因此是某种天启,天意之音。"

"您这么界定吧……"

"我说的跟先生您说的是一样的,只是用了其他的词汇表达而已。您说:'秩序',我称为:'定数',您说:'混乱',我称为:'无序',但说的都是一回事。因此规定里面有某些圣意的东西。现在我明白,为什么这些对您来说这么神圣了。"

"规定，先生，就是规定，没别的。"

"非常好。"我说道，同时眯起眼睛，意思是已经没什么可谈的了。事实也是如此。

当箱子摔落，掉到地板上时，箱子的金属边缘碰到了他的太阳穴。我想，他昏过去了，我发誓，这并不是我想要的结果，所以我现在有点不知所措。怎么唤醒晕厥的人？这下可麻烦了……我无助地四处打量，看到了安全紧急制动手柄上面的规定牌写着："在危险的时候拉起。"现在无疑是危险的时刻，如果没有人为他提供第一时间的急救，他的情况会变得很糟。于是我拉下了制动手柄。

此举造成了火车晚点两个小时的后果，也使整个列车时刻表陷入了混乱。扰乱秩序对一切都无益，就如所表现出来的那样，秩序马上就荡然无存了。尽管这样，我可一直都在按照规定做事，我的所作所为无可指摘。

健康服务

经过确诊，必须得做阑尾切除术了。我填了相应的表格，被列入了等待的名单中。两年时间一眨眼的工夫就过去了，终于排到了我，我躺到了医院里。

手术非常成功。对于这个结果，主治医生亲自向我表示祝贺。

"手术过程非常完美，女士。"他说道。

我提醒他注意，我是男性。他在文件中翻查着什么。

"手术前您曾是先生。由于搞错了，把您送到了试验科，现在您是女人了。变性手术是内科的前卫分支，但我们拥有完美的成果，女士，嗯那个先生……您就是例子。"

"那阑尾呢？"

"您不想留着它吗？"

"不，而且我也不想变成女人，请立刻更正这个错误。"

"先生，嗯那个女士……您真是个麻烦的病人。那好吧。您是希望先恢复男儿身还是先切阑尾？"

"哪个手术能更快些就动哪个。"

"请填一下这两份表格。"

时间飞逝，下一个手术也与上一个同样成功。新的肾运转得很好，只是现在我有三个：两个自己的，一个移植的。这是由于电脑系统的错误，我被送到了其他手术室。当我一醒过来，我就填了关于肾的各种表格，又将其附到之前填的那堆表格里面。

当我收到医院的通知，有空床位给我做肾的手术时，我已经不是一个年轻姑娘了。我是来切除其中的一个肾的，但我却成了一个躺在产科病房里的新生儿。健康服务局的中心行政管理肯定是搞错了什么，但是我的父母并没有提出抗议。我曾经是他们已经养大的孩子，为我的教育他们也花掉了很多钱，但他们还是宁愿将我看做是自己刚生的。而我呢，已经厌倦了填表，也就认命了。

我与父母的关系也相处得很好。唯一的担心是，他们会怎么对付我的阑尾呢？要知道以后我还是会受它的折磨。他们肯定还要把我送去医院做阑尾手术的。不过这样也很好，因为我怀疑，他们还是更想要儿子，而不是女儿。

公　平

诺沃桑德茨基、马耶尔和我来到前领导人面前。尽管时值炎夏,此时他正穿着内裤坐在那儿点火生炉子。

"有什么可帮忙的?"他问道。

"我们是代表团的。"

"我很忙。"

"但我们是以社会大众的名义。"

"我也以社会大众的名义。"

"生炉子完全是私人的事情。"

"这可难说。"那人说着,向炉子里扔了一摞官方文件。还有整整一叠躺在地板上,每一张上都盖着"绝密"的印章。

"先生,看您脱得这么私人化地坐着,我们可是有公众事务在身的。"

"社会的。"马耶尔紧跟着说。

"国家的。"我又补充道。

"那好,我洗耳恭听。"

"我们来是要把这里的领导人绞死的。"

"那你们搞错了,我已经不是领导人了。关于绞死的事请找我的继任者。"

"他说的有道理。"诺沃桑德茨基对马耶尔说,"你为什么还管他叫领导呢?"

"习惯了。我想说,我们是来绞死你的,你这头猪。"

"是的,你可真把我们折腾得够呛。"

"你,你的政党和你的政府。"

"现在你们的政权已经结束了。"

"这一时刻到来了,正……"

马耶尔吞了半个词,他大概想说"正义",但没说完。因为他看到了在地板上的那堆文件,确切说是在最上面的一篇手稿。

"这里真的很热,"他又接着说,但语调已经变了,"我能把外套脱了吗?"

"请便吧。"主人表示同意。之后他从这堆文件中拿起那份手稿,扔到火里,马耶尔欣慰地舒了一口气。

"要不把这个也烧了?"诺沃桑德茨基建议道,从地上又拿起一张写着密密麻麻字迹的文件。

"那当然。"

诺沃桑德茨基擦了擦额头的汗。他的外套在这之前就已经脱掉了,并没有征询主人的同意。

"那您呢?"主人向我问道。

我也脱了外套,开始动手劳动。终于翻到了我要找的东西:我写的对于诺沃桑德茨基和马耶尔的揭发信。当这几张纸被点燃时,诺沃桑德茨基盯着天花板,马耶尔则看着地面。

"先生们不把裤子脱了?"

"不,我们这就走了,我们不想打扰您了。"

我们一起走了出来,刚到街上就沉默地分开了,当然离去的方向不同,但角度是对称的。

新生活

我坚定而明确地决定开始新生活。需要解决的问题只有一个——从何时开始？

回答毫无疑问是——从明天开始。

第二天醒来，我确定这又是今天，完全跟昨天一样。因为新生活本应从明天开始，今天不能够开始。

"我不会丢失什么，明天还会有明天。"我想道。

我又平静地、一如往昔地度过了一天。不仅没有受到良心的谴责，而且还充满了喜悦和被希望激发的活力。

然而，第二天又变成了今天，与昨天和前天又毫无差异。

"这不是我的错，一直有一个魔鬼在把明天变成今天。我的决定无可指责，是坚定不移的。我们再试一次，也许魔鬼会疲惫，明天最终会变成明天。"

很遗憾，这样的事情并没有发生。一直只有今天、今天。我最终丧失了希望。

"这个明天可能永远也不会到来了,面对这状况,要不然新生活就不从明天开始了,从今天开始怎么样?"我想道。

然而我很快就发现这个想法的荒谬性。因为如果今天从很久以来就一直不变地重复,那它已经是旧的了,每个今天的生活也毫无疑问是旧的了。新生活就是新生活,它只有从新的开始,也就是从明天开始才能成为可能,如果它必须真的是新的。

我带着强烈的决心躺下睡觉,从明天开始新生活。因为尽管如此总还是有某个明天的。

三代人

早饭时我对父亲说:"爸爸,你不认为,爷爷记得的事情太多了吗?"

正在吃着糖心蛋的爸爸停了下来。

"你想说什么呢?"

"就是我现在说的呀。他活得太长,知道我们的某些事情。"

"我问心无愧。"

"哦,是吗?"

"我说,爷爷知道我们俩太多事了。"

"那你想让他怎么做?我们也不能把他消灭了呀。"

"消灭是不能,但可以把他派到外交机构啊。现在我在新政府里有关系,可以搞定。爸爸你同意吗?"

爸爸同意了,爷爷成为了驻伯南布哥的大使。他大概猜到了原因,因为到现在为止他都保持着缄默,什么也没说。

伙　伴

我决定将自己的灵魂出卖给魔鬼。灵魂被看作是人最有价值的东西，因此我期望着此举能给我带来巨大的利益。

来与我接洽的魔鬼让我很失望。它长着塑料的蹄子，尾巴也断了，还是用绳子接起来的，一身皮毛像被飞蛾蛀蚀过似的，色泽黯淡而又凌乱不堪，连角也因过于短小而显得有些发育不良。这样一个可怜鬼能出得起高价来买我的无价灵魂吗？

"您确定就是魔鬼吗？"我问道。

"是的，您为什么会怀疑呢？"

"我期待着来的是位黑暗之王，可您长得如此……我想说，嗯，粗制滥造。"

"什么样的灵魂，就配什么样的魔鬼，"它回答道，"那么我们来谈生意吧。"

熊

现如今，还有谁会跟熊合影，哪怕是在山上？曾几何时，在那些山区的度假休闲胜地，熊是旅行者和休闲度假者们争着合影的伙伴。当然这里所说的并不是真正的熊，而是街头摄像师的同伙穿着熊皮装扮的。

在波兰著名的疗养胜地扎科帕内就有一个这样的带着熊的街头摄像师。在扎科帕内的主要街道克鲁普夫基大街上可以碰到他们。

有一次法国伟大的哲学家让－保罗·萨特来到扎科帕内，走在克鲁普夫基大街上，不小心和熊撞了个满怀。

"对不起，先生。"他有礼貌地道歉。

"哪有什么'先生'，你这个小混蛋，"熊回答道，好像有点喝醉了，"应该说：'对不起，小熊。'你不知道，显露就是存在吗？"

此时萨特福至心灵，阐述了自己著名的论点："存在就是露面。"是时候该让世界的评论界知道了，谁才是真正的学说创立者：朴素的，在知识分子圈子里籍籍无名的扎科帕内街头摄像师的助手，无疑是位波兰人。

天才太容易被波兰人所忽视了。

古 董

我进了一家古董店,四处打量了一番,注意到在角落里摆着一个真人大小、留着胡子的年轻男子雕像,立在帝国风格的大钟和"乒"① 时代的花瓶之间。

"是蜡像还是牙雕?"我问店铺的主人。

"既不是蜡的,也不是象牙的。这是真正的二十世纪末原装货。您想买吗?"

"这样的要很多钱吧?"

"哪里呀,我卖得很便宜,现在都不值钱了。我仓库里还有二十几个呢。说实话,因为这种存货保有量太大,作为古董几乎没有什么价值。"

"那您为什么向我推荐他呢?"

"因为他也许还有使用价值呢,如果您愿意的话。"

"他能有什么用处呢?"

"您把他放到家里,他会给您带来变革。"

---

① 作者虚构的年代。

"什么意思?"

"他会打碎您的器皿、掰断门把手、弄脏客厅的地毯……就像通常做的一样。"

"这就是您所说的他的用处?可这完全是带来破坏呀!"

"您没感到生活很无聊吗?您就承认吧,先生。"

我眯起眼睛,头脑中闪现着一幅幅画面:厨房的架子上总是井然有序地排列着各种器皿,门把手永远都待在自己该在的位置上,客厅的地毯总是那么干净……的确,多么缺乏前景、多么无聊……

"那好,我买了。"

"要包起来吗?"

"不用,他可能至少有七十几公斤重吧,让他自己走吧。"

一走到街上,他立刻就揍了我一顿。我马上觉得,在我的生活中终于有事发生了。

特权组织

"先生们,我们没必要再隐瞒了。我们'光明的未来'合作社就是个犯罪组织。"主席说。

"从什么时候开始的?"书记刨根问底。

"从有人举证我们贪污、挪用公款,甚至盗窃公共财产时开始的。也就是说从不久前开始的。"

"如果是这样的话,那我们就该被从重定罪,绳之以法。"书记同意道。

"确实如此,我们自我批评吧,然后就没事了。"财务主管点头认同道。

"这次自我批评是不够的。社会期待从我们这儿看到更激进的处理。"

"那如果我们进行彻底的自我谴责呢?"

"已经做了,但还是不够。现在需要更严厉的处理。我建议,我们要自我解决。"

"比如,把我们抓起来?"

"没什么可担心的。我们会回来的,以'光明的未来'合作社犯罪调查委员会的名义。"

很快,"光明的未来"合作社犯罪调查委员会开始运作起来。那些对于委员会成员拿着比过去职位上更高工资的指控显然是毫无依据的。没有谁比他们更适合做这种调查。

再次革命

诺沃桑德茨基、马耶尔和我相约来到一家我们很熟的餐馆。

"瞧,他们换了名字。"马耶尔注意到了这个改变。

的确,他们把餐馆名字从原来的"在中央国家机关下"改为了"夏威夷彩虹"。

"因为恢复私有化了,这家餐馆企业已经不再归国家所有,变回私人所有了。"诺沃桑德茨基解释道。

我们进了餐馆,在桌子旁坐下来。

"各位先生需要点些什么?"侍者问道,侍者与我们三人都不相识。看来餐馆除了名字换了,人员也换了。

"跟往常一样,每人半升,一共一升半。"

"好的,半升什么呢?"

"如果这是玩笑,那我就已经笑了,现在请你报一下都有什么吧。"马耶尔答道。

"皇家芝华士、尊尼获加、黑方、布什米尔斯、百龄坛、威雀、波尔多、勃艮第、博若莱、香槟……"

"没纯的吗?"马耶尔打断了侍者,他不懂外文。

"当然有,斯米尔诺夫伏特加,东柯扎肯伏特加,水晶伏特加,克洛萨尔伏特加和首都伏特加。"

"普通的伏特加没有吗?"

"完全普通的伏特加我们没有。"

"要不就东柯扎肯吧?这个至少听起来有点耳熟。"诺沃桑德茨基建议道。

我们发现,东柯扎肯也不是自己能消费得起的,就一起离开了"夏威夷彩虹"。

"我觉得,我都快被资本主义枷锁压扁了。"马耶尔在街上说道。

"我也这么觉得,我们必须重新建设社会主义。"诺沃桑德茨基附和道。

于是我们开始付诸行动。诺沃桑德茨基努力解决设备问题,马耶尔负责原材料,而我找到了地点,也就是地窖。因为生产烈酒会被判重刑,而作为革命者我们必须转入地下工作。

托钵僧

在过去的体制下,我们县本应该是个工业县。这意味着他们应该给我们建座工厂,因为我们这里没有任何工厂,没有工厂也就不能称之为工业县。他们来到我们这儿,在森林里砍出一片空地,又在空地上竖起了大烟囱。我们好奇地问:"这将是个什么样的工厂,生产什么?"他们说,将是个大工厂,至于生产什么,我们不必费脑子想,因为需要什么,它就生产什么。然后他们离开了,没有再回来过,因为制度变了。烟囱还留在那里。

我们感到很困惑,工厂好像存在,因为有烟囱,但又像没有,因为它的确没有。因此我们在森林边雇用了尤泽克,让他在烟囱里生火,因为既然有了烟囱,就应该有烟,我们还在《华尔街日报》上刊登广告:"我们拥有烟囱,可以加盖工厂。"

暂时一切进展顺利。有烟从烟囱中冒出来,县城有了就业,因为有尤泽夫这个雇佣工,还有一位资本家要从华尔街来这儿,为我们加盖工厂。

过了很久也没看到什么资本家。直到快入秋时,来了一位印度人。

我们非常高兴,终于来了资本家,而且比我们预想的结果还要好些,来的是位印度人,之前我们都担心会来个犹太人或者德国人。印度人看了看烟囱说,他正在找这样的烟囱,增建工厂乃是小事一桩,只是需要点时间而已。当然,这一定需要,因此我们签订了合同,他直到工厂建成之前都要待在我们这里,他将获得免费的食宿。

他住在县长家,在市场旁的饭馆吃饭,县长夫人帮他洗缠头巾。不能说他没有礼貌。他从不进任何人的家门,给他什么他就吃什么,尤其喜欢吃俄式饺子、喝啤酒。他只是到教区神父家登门拜访过,因为他不进教堂。我们并没有因此生他的气,因为他是个异教徒,反正他将进地狱,但神父认为,这不公平,如果是个异教徒,何不让他转信基督。

他很少露面,只出现在往返于餐馆的路上。他大部分时间坐在家里,忙着盖工厂的事。

我们很好奇,他的工作进展得怎么样了,但我们又不敢问他。我们请求县长夫人,让她从钥匙孔中偷看一下。县长夫人偷看之后告诉大家,没什么有趣的,他只是坐在那里吹着笛子。我们感到很奇怪，决定跟他谈一下。我们在餐馆等他，当他来吃午饭时，我们问他：

"这个笛子是怎么回事？"

"这是我们印度的特色。坐下来，吹笛子。这时绳子，或者地上团成一团儿的其他东西，就会动起来，它的尾部会上升，向上绷紧，过一会儿整个绳子会像钢丝一样直立起来。"

"那好吧，可这与建工厂有什么关系呢？"

"盖工厂跟这个一样呀，吹着笛子，工厂就会立起来。"

他说的也许有道理吧。笛子在我们这儿也起着重要的作用，尤其在经济生活中。但我们还是心存疑虑。

我们问道："需要吹很久吗？"

"这取决于工厂的规模，如果要盖大工厂，就需要时间久，如果小一些的，时间就相对短一些。各位希望要大厂还是小厂呢？"

我们面面相觑。当然大的更好，但我们看到，他吃着肉排又点了一小瓶伏特加，从秋天开始他已经这样吃到了现在。从另一方面，我们还需要在经济水平上赶超日本，为此我们不能过于计较成本。

"那还是大的吧。"

"那就得了。"托钵僧说道，又点了第二瓶伏特加，第一瓶已经见底了。

我们告辞，不再打扰他了。让他好好工作。

一直到了复活节，工厂的影子还没有见着，县长夫人却怀孕了，托钵僧也失踪了。

我们还是没有生他的气。工厂虽然没有了，但是我们有了出生率，这可是最重要的事。人多的民族——强大的民族。

"蓝色东欧"译丛(部分书目)

第一辑

- 《石头城纪事》(小说)
  【阿尔巴尼亚】伊斯梅尔·卡达莱 著　李玉民 译

- 《错宴》(小说)
  【阿尔巴尼亚】伊斯梅尔·卡达莱 著　余中先 译

- 《谁带回了杜伦迪娜》(小说)
  【阿尔巴尼亚】伊斯梅尔·卡达莱 著　邹琰 译

- 《石头世界》(小说)
  【波兰】塔杜施·博罗夫斯基 著　杨德友 译

- 《权力之图的绘制者》(小说)
  【罗马尼亚】加布里埃尔·基富 著　林亭、周关超 译

- 《罗马尼亚当代抒情诗选》(诗歌)
  【罗马尼亚】卢齐安·布拉加等 著　高兴 译

第 二 辑

- 《我的疯狂世纪（第一部）》（传记）
  【捷克】伊凡·克里玛 著　刘宏 译

- 《我的疯狂世纪（第二部）》（传记）
  【捷克】伊凡·克里玛 著　袁观 译

- 《我的金饭碗》（小说）
  【捷克】伊凡·克里玛 著　刘星灿 译

- 《一日情人》（小说）
  【捷克】伊凡·克里玛 著　高兴、杜常婧 译

- 《终极亲密》（小说）
  【捷克】伊凡·克里玛 著　徐伟珠 译

- 《等待黑暗，等待光明》（小说）
  【捷克】伊凡·克里玛 著　杜常婧 译

- 《没有圣人，没有天使》（小说）
  【捷克】伊凡·克里玛 著　朱力安 译

- 《花园里的野蛮人》（散文）
  【波兰】兹比格涅夫·赫贝特 著　张振辉 译

- 《带马嚼子的静物画》（散文）
  【波兰】兹比格涅夫·赫贝特 著　易丽君 译

- 《海上迷宫》（散文）
  【波兰】兹比格涅夫·赫贝特 著　赵刚 译

- 《父辈书》（小说）
  【匈牙利】瓦莫什·米克罗什 著　许健 译

第三辑

- **《乌尔罗地》**（散文）
  【波兰】切斯瓦夫·米沃什 著　韩新忠、闫文驰 译

- **《路边狗》**（散文）
  【波兰】切斯瓦夫·米沃什 著　赵玮婷 译

- **《第二空间——米沃什诗选》**（诗歌）
  【波兰】切斯瓦夫·米沃什 著　周伟驰 译

- **《无止境——扎加耶夫斯基诗选》**（诗歌）
  【波兰】亚当·扎加耶夫斯基 著　李以亮 译

- **《捍卫热情》**（散文）
  【波兰】亚当·扎加耶夫斯基 著　李以亮 译

- **《索拉里斯星》**（小说）
  【波兰】斯塔尼斯瓦夫·莱姆 著　赵刚 译

- **《遗忘的梦境——查特·盖佐短篇小说精选》**（小说）
  【匈牙利】查特·盖佐 著　舒荪乐 译

- **《流星——卡雷尔·恰佩克哲理小说三部曲》**（小说）
  【捷克】卡雷尔·恰佩克 著　舒荪乐、蒋文惠、程淑娟 译

- **《神殿的基石——布拉加箴言录》**（箴言）
  【罗马尼亚】卢齐安·布拉加 著　陆象淦 译

- **《十亿个流浪汉，或者虚无——托马斯·萨拉蒙诗选》**（诗歌）
  【斯洛文尼亚】托马斯·萨拉蒙 著　高兴 译

第四辑

- **《耻辱龛》**（小说）
  【阿尔巴尼亚】伊斯梅尔·卡达莱 著　吴天楚 译

- **《三孔桥》**（小说）
  【阿尔巴尼亚】伊斯梅尔·卡达莱 著　施雪莹 译

- **《接班人》**（小说）
  【阿尔巴尼亚】伊斯梅尔·卡达莱 著　李玉民 译

- **《绝对恐惧：致杜卞卡》**（小说）
  【捷克】博胡米尔·赫拉巴尔 著　李晖 译

- **《严密监视的列车》**（小说）
  【捷克】博胡米尔·赫拉巴尔 著　徐伟珠 译

- **《雪绒花的庆典》**（小说）
  【捷克】博胡米尔·赫拉巴尔 著　徐伟珠 译

- **《温柔的野蛮人》**（小说）
  【捷克】博胡米尔·赫拉巴尔 著　彭小航 译

- **《无常的夏天》**（小说）
  【捷克】弗拉迪斯拉夫·万楚拉 著　张陟 译

- **《赫贝特诗集（上、下）》**（诗歌）
  【波兰】兹比格涅夫·赫贝特 著　赵刚 译

- **《垃圾日》**（小说）
  【匈牙利】马利亚什·贝拉 著　余泽民 译

第五辑

- **《壁画》**（小说）
  【匈牙利】萨博·玛格达 著　　舒荪乐 译

- **《鹿》**（小说）
  【匈牙利】萨博·玛格达 著　　余泽民 译

- **《两座城市：论流亡、历史和想象力》**（散文）
  【波兰】亚当·扎加耶夫斯基 著　　李以亮 译

- **《另一种美》**（散文）
  【波兰】亚当·扎加耶夫斯基 著　　李以亮 译

- **《思想的黄昏》**（随笔）
  【罗马尼亚】埃米尔·齐奥朗 著　　陆象淦 译

- **《着魔的指南》**（随笔）
  【罗马尼亚】埃米尔·齐奥朗 著　　陆象淦 译

- **《乌村幻影》**（小说）
  【罗马尼亚】欧金·乌力卡罗 著　　陆象淦 译

- **《裸浴场上的交响音乐会——罗马尼亚20世纪小说精选》**（小说）
  【罗马尼亚】诺曼·马内阿等 著　　高兴等 译

- **《颠倒的天堂——立陶宛新生代诗选》**（诗歌）
  【立陶宛】阿纳斯·阿里舒斯卡斯等 著　　远洋 译

- **《魔鬼作坊》**（小说）
  【捷克】雅奇姆·托博尔 著　　李晖 译

第 六 辑

- **《简短，但完整的故事》**（小说）
  【波兰】斯瓦沃米尔·姆罗热克 著　茅银辉、方晨 译

- **《三个较长的故事》**（小说）
  【波兰】斯瓦沃米尔·姆罗热克 著　茅银辉、林歆、张慧玲 译

- **《挑衅以及其他故事》**（小说）
  【阿尔巴尼亚】伊斯梅尔·卡达莱 著　蔡雯琴 译　宋学智 审校

- **《洋偶》**（小说）
  【阿尔巴尼亚】伊斯梅尔·卡达莱 著　蔡雯琴 译　宋学智 审校

- **《天堂超市》**（小说）
  【匈牙利】马利亚什·贝拉 著　余泽民 译

- **《墓地情事》**（小说）
  【匈牙利】马利亚什·贝拉 著　余泽民 译

- **《蓝色阁楼里的物品》**（小说）
  【罗马尼亚】阿德里亚娜·毕特尔 著　陆象淦 译

- **《两天的世界》**（小说）
  【罗马尼亚】乔尔杰·博勒耶泽 著　董希骁、Mara Arion 译

- **《生活边缘的女孩》**（小说）
  【罗马尼亚】米尔恰·格尔特雷斯库 著
  张志鹏、林慧芬、陈进、李昕、高兴 译

- **《希特勒金钱》**（小说）
  【捷克】拉德卡·德内玛尔科娃 著　姜蔚茜 译

· 部分书名为暂定，以出版时为准 ·